# 在天堂与天堂之间

张 夷 著

中国书籍文学馆·轻散文卷

中国书籍出版社

图书在版编目（CIP）数据

在天堂与天堂之间 / 张夷著 . —北京：中国书籍出版社， 2013.5
ISBN 978-7-5068-3476-6

Ⅰ . ①在… Ⅱ . ①张… Ⅲ . ①散文集－中国－当代 Ⅳ . ① I267

中国版本图书馆 CIP 数据核字（2013）第 082209 号

## 在天堂与天堂之间

张　夷　著

| 策划编辑 | 武　斌　陈　武 |
|---|---|
| 责任编辑 | 邓潇潇 |
| 责任印制 | 孙马飞　马　芝 |
| 出版发行 | 中国书籍出版社 |
| 地　　址 | 北京市丰台区三路居路 97 号（邮编：100073） |
| 电　　话 | （010）52257143（总编室）（010）52257153（发行部） |
| 电子邮箱 | chinabp@vip.sina.com |
| 经　　销 | 全国新华书店 |
| 印　　刷 | 北京中华儿女印刷厂 |
| 开　　本 | 640 毫米 ×960 毫米 1/16 |
| 字　　数 | 200 千字 |
| 印　　张 | 14 |
| 版　　次 | 2013 年 9 月第 1 版　2019 年 4 月第 2 次印刷 |
| 书　　号 | ISBN 978-7-5068-3476-6 |
| 定　　价 | 42.00 元 |

版权所有　翻印必究

# 总　序

人们感慨于生活压力越来越大、感慨于各种诱惑越来越多、感慨于被林林总总的大部头和眼花缭乱的图文书搞得不知所措时，我们精心打造的"轻散文"系列丛书，和广大读者见面了。

这既是一种全新的文体，也是一种全新的阅读方式。

我们所探索的"轻散文"，包括短而精美，轻而隽永；也包括回归自然，回归质朴。简单说，就是写自己日常的生活，写自己内心的感受。对所见所感如实呈现，对所思所想真诚相告。并希望，在人们对当下生活渐感浮躁和麻木的时候，能够发现生活的新奇和诗意，发现周围的平淡和美丽。这种写作的价值，事实上是散文文本的一种尝试，也是倡导一种新的写作姿态，即，精短而真实，亲切而和谐，自觉降低观察生活的视点，呈现那些很少被人关注或者未曾发现的视阈，在快节奏的现代生活中，仔细并缓慢地品咂日常凡俗的美感和复杂，品咂生活的温润和愉悦，安抚当下人凌乱而无处寄托的情思，表达出对生命的尊重、对生活的礼赞，重新回到崇尚真实、体悟自身存在的散文传统，以改变当下散文的浮躁和矫饰。同时，也切合阅读者内心的感受，不知不觉中，和作者进行文本的互动和心灵的沟通。

不可否认，"文化散文"、"学者散文"、"历史散文"等所谓的"大散文"，推动了散文的复兴和发展。但是，现代散文的发展和流变，从来都是多元并进才枝繁叶茂的。"轻散文"概念的提出和实践，可以看作是对传统生活类散文的回归和创新。周作人的平和冲淡，梁实秋的"雅舍小品"、俞平伯的委婉清丽、林语堂的活泼幽默、孙犁的"芸斋"散札，皆可视为"轻散文"的前辈经典。孙犁说："我仍以为，所谓美，在于朴素自然，以文章而论，则当重视真情实感，修辞语法。"

所以，我们推出的这套"轻散文"，就不仅仅是追求文章的精美和短小，更是文风和理念的革命：文虽短小，意趣不小，有精神的见解，有优美的意境，有清新隽永的文采，更折射出时代的风貌和社会的深意。

这套"轻散文"读本，适合日常的阅读。无论你是学生，还是上班族；无论你是小资，还是蓝领；无论你从事什么样的职业，都能从书中发现自己的身影，找到阅读的乐趣和情感的依托。

编　者

《在天堂与天堂之间》，是64篇短小的散文组成的文集。这些文章的写作时间自上世纪80年代至今，大多数在各刊物发表过，有几篇还获得过全国性的奖项。

这些文字，都是作家把手洗干净后，静心写作的。作者喜欢这些"风景"中那些浅浅淡淡的愁绪与感动。觉得总有几句会让自己柔软，总在一些时刻，扪心自问，故乡是回不去了还是不想回去了？

真的"与风景无关"吗？风景，其实早就在那里了，只是我们没有遇见。而遇见了，风景就失去了原本的意义。

[ 第一辑：东风夜放 ]

035 / 西塘的早晨

039 / 天堂岛

042 / 悲伤的行板

045 / 利港春雨

047 / 知青林

050 / 小居灵隐

054 / 惊蛰之夜

057 / 寒雀

059 / 一样风吹

003 / 美丽海盐

005 / 夜泊枫桥

008 / 走近斜土路

010 / 三毛茶楼

014 / 与乌镇无关

017 / 上海森林

021 / 夏日秦淮

024 / 在天堂与天堂之间

029 / 天下常熟

032 / 七里山塘

[ 第二辑：西村夕阳 ]

065 / 湘西向西是凤凰
068 / 西行记
071 /《0 公里处》
074 / 独克宗
077 / 西江千户苗寨
080 / 船过神女峰
084 / 盲街

087 / 一为迁客去长沙
090 / 敦煌，我眼中的沙子
093 / 雀巢
096 / 丽江一棵树
100 / 我被蓊郁的来路迷醉了
104 / 我们的眼睛
107 / 生命情节

## [第三辑：南山含黛]

130 / 第"7"俱乐部
135 / 玻璃翠
138 / 灵魂从来都是微醉的
142 / 猜火车
146 / 追梦人
150 / 夏至
153 / 苹果和数字时代的爱情

111 / 浅水湾，那张浪的脸
114 / 哭泣的海滩
117 / 宛若流云
120 / 月光曲
123 / 海角天涯
125 / 城市夜码
127 / 地下悲情

[ 第四辑：北窗如烟 ]

159 / 燕子的光芒

162 / 行走在江湖之外的驿站

166 / 夜色苍茫

169 / 离谱

172 / 古城平遥

175 / 娘子关

179 / 海州二题

182 / 像颜色一样行走

184 / 几朵怀念，在北方奔跑

186 / The Last Time

189 / 秋河

192 / 露天电影院

195 / 十年后想念一棵树

197 / 呼兰河

200 / 雨打芭蕉

202 / 落花、流水

204 / 散句：与风景无关

第一辑
东风夜放

——如果雨丝可以定格，一定是棵美丽的树。

## 美丽海盐

南方开始湿润起来,风朝着固定的方向吹。在通往海盐的乡村公路上,我想起的风吹草动的情节,随风疯长。枝枝蔓蔓里,原始的草香包裹曾经的青涩,在许多光影的过往中,如一片片的清单,写满在四月以及四月的前前后后。你的美丽也似透明的燕翼,冲动、摇曳与不再流逝了。

你四月的体态总是披着薄纱的样子,我却愿意自己是挽起裤管的那棵梧桐,如伞笼罩那些春色斜出的图案。也愿意在你腰间打结,给手掌的路线灌注五行温热的指纹。在你清醒的醉眼下,爱上时光。

此刻,雨住风歇。浮云的边际有霞霭的样子,倒映在一湾轻水间。那么,谁是轻轻的苇花,谁又是乱絮的尾声呢?我只知道,如虹的唇线上,那个预留的帆悄悄靠近你岸的声息在回旋。你在想用何种方式开启,叙述有关停泊的晨晨昏昏。我记得,你闪进四月雨中的那个瞬间,被轻雾封锁的街角,开始恍惚。

墨色的岸滩,满溢的波痕,锯齿一般闪耀的光辉中,你始终站着,小心翼翼地收拢头发和身姿，偶尔舒展的笑容把雨季撕成碎片，张贴在每个黄昏。我喜欢收藏你指间最后的一滴雨季，让它魔方般地旋转，旋转出雨帘里以及雨帘后面的晴朗，然后亲亲你腕壁上那雨丝一样的静脉，那一岸的蒿草。

那天，我看见你的乡村公路旁鲜花缤纷，删去细节的暧昧，味道如同一张水粉画，在遭遇注目。真想加重你的腮红，好记录我印痕的走向。真想用一根古典的缨绳悬垂你胸衫的浅领处，做一次本质的牵引。好让那些灯黄柳暗的河边，风起云生。让想象中胚胎一样的月色熨贴你我的一声呼喊。

小街静远，花开邈远的四月，我在你的小街上随便走走。走走停停里，怀想变得朴素与简洁起来。没有打扰的行走其实装满了牵挂，装满了深深浅浅的脚印和凝望。摇橹荡桨的风烟之上，想和你一起飞翔。那时，如果能够俯瞰一亩桑梓，我们不妨去播撒几垄忧伤。遥远的我们的故园故乡，故事起步的样子依稀可辨。

穿过再次来临的雨，看看你的方向。心中纠集和缠绕的四月，在描写你的背影了。夜渐渐地深了，你侧卧的午夜，春花合围的你的气息还有一晃而过的梦都在向我弥漫。你不会太冷吧？一个叫海盐的地方。

我悄悄告诉你，我仰望的风景，被浅绿侵涉的领域，挂满鸟鸣和虫唱的睫毛背后，我听见你悦耳的话语在飘荡。喜欢如同敏感的嗅觉附和在窗里窗外，一阵阵地招摇。于是，你眼光照我回家的蜿蜒中，穿越了风，穿越了粘稠雨季。告诉你，在天堂的边缘，我依旧也可以看见脆弱的干粮，看见合上眼睛后那些发芽的年华在瑟瑟感动。

我知道，在海盐，如果雨丝可以定格，一定是棵美丽的树。

## 夜泊枫桥

对苏州的印象始于枫桥。枫桥四周，是典型的运河文化和江南文化的交汇。

上世纪八十年代初在那个城市读了四年大学。常常去枫桥。记得有年端午节，只用了吃一个粽子的时间公交车就到了。苏州不大，人也不多，路也不挤。

镇守在运河上的"惊虹渡"，是古时候往来苏州的码头。只是昔日的繁华不在了。

今天运河里很少有唐朝的船样经过了，有的是大船，机动的，有很响汽笛的那种，且体积庞大。感觉它们把历史蹂躏与侮辱了。

在我读书的那会儿，苏州还有些古代的意蕴。尤其是枫桥一带，由于是靠近城边，忽略了对它的建设和规划，因此，显得有些破败。破败得意气风发。今天不同了，寺庙的背面已经灯红酒绿，烧汽油的车子也已经把枫桥镇仅有的两条干道堵得喘不了气。

枫桥是真的文物，有千年不变的东西在它的骨子里，它把史上的得失从此岸搬运到彼岸，再由彼岸还原给此岸。

可如今，现代化断送了枫桥的魂。

今夜，我就留宿在枫桥边。黄昏时，我站在可以眺望铁岭关的窗户旁，留意那些感动的远影紧贴地面的声响，也留意红叶李消散的、飘零的屋檐下，那些眨着眼睛的最后的青草。

躺在松软的床上，猜想岁月走后的雨滴下，那些很长很长的夜是否还叫时间？我知道，雨滴和露滴交替的那个时刻，没有浅浅的月色透过云层。只是一刹那的风吹里，青春的眉目飞扬了过境的异乡的梦。我是那梦境里半杯啤酒的泡沫，满口虚无。

如果说文征明、唐伯虎本身就是江南的才子，那么落第的苦命的张继又是如何从京城沿运河南下，落魄于姑苏城外的呢？

恍惚又听见那些声响，那些枕边横流的麦香稻甜的旷野里，飞呀飞翅膀。那些粘稠的体会，在白昼闭上眼睛的天窗下怒放。那些芦苇绕城的情节，未知的水路与渔歌，在你们偶尔的浅唱里，如同一段黑白影像般地走过了。如雾如障。

一阵风的肤色上，忧愁与温暖开满了枫桥的两岸。

现在，我终于可以说说，说说檐下那独秀的仙人掌开放的黄花了。这个初冬，阴晴翻覆的日子，也可以说说低低的风吹，说说我未知的窗外失踪的阳光急走的乡陌上，那些回不去的水做的月色，说说何时还曾看见，与长发一样起舞的"月落乌啼"呵！

那些埋伏在胸口的话语，那些轻如游丝的喟叹，隔着岁月的码头和缆绳，在起锚和抛锚间，点亮了左手的枫桥右手的江村桥。

其实，我更喜欢"江村"这个名字。江枫和渔火，用相同的时速，数着记忆里流星划过的那截朦胧的天际下，和谁共眠？我也在自己轻浅的睡眠里，数着清晰而真实的呓语，数着一个孩子的表情与眼眉，数着幻觉的雷声，或远或近。

这个有雨的午后，与上一个有雨的古代相比，只是时间又走了几日。窗外的一枝腊梅，也由娇滴滴的芽胚变成了今晨开窗时满眼疯长的花瓣。

才过了几天啊？那蕉叶就已颓败了一地，那海棠就已暗落了几处角落，那骄傲的红叶李本来缀满的深紫色，就已越过冬青做的栅栏，在我窗外的小径上点点垂縻。

张继，就如同冬天的肤色，他总在暗处闪光。如同声音，在暗处出彩。我与唐朝相会，在暗处便有了意义。在暗处，还可以与唐朝放肆一阵。有时候，放肆是生活的真谛。喜欢暗处的智慧和智慧中一次成功的逃脱。浸泡的酒在暗处暗泣。暗泣的潮汐涌动着开花的京杭大运河。

唐朝的张继，今天的张夷，我们奇异而辛酸的邂逅，犹如在暗处出没的星光和铅云。

挽起头髻、顾项毕现的夜啊，我们共同怀念的这条大运河，流走了多少无奈的声响。我喜欢我酒醉的方向，它总是从一个暗处把我带到了另一个暗处。最暗处，便是张继漂泊的远远的唐朝了。

我的一样飘飞的心思，一如晨露打湿的翅膀，沉重而又陌生地依附在我的身体上。雨雾做成的镜片后，谁在开花？好在那截紫藤还在新冬的抑郁中，尚未苏醒。我们只好设想，泛青的枝条、滚烫的缠绕、紫白得像肤色一样透明诱人的花瓣，在下一个时光里，换一个地点绽放，还是"愁眠"？

在枫桥的隔壁小住，目送风烟流云。傍晚时，居然还看见飘起的鹅毛般的雪花。只是就一支烟的工夫。许多事情也如这次雪花，看见过，可是短暂，并不积淀。最终化为了水。

入夜后，枫桥上方也有了类似月亮的东西。

是一片雪花。是"霜满天"。

第一辑
东风夜放

# 走近斜土路

从陈逸飞的电影里走出来,民国年间的那场雨仍在下着。满街的流光把这个城市弄得很现代,看铁轨从闸北走过,一直走向黄昏的那个道口。远远的斜土路旁,那座老宅定已风烛残年。

多年前,我在上海南市区读高中,就在斜土路一带。我记不住,18路车是否曾路过"张锦秋"(片中女主角"鬼"的扮演者)的家门口。不过,江南造船厂的汽笛倒让我有过时光错乱的困惑。那时,我还是个大孩子。

我肯定是找不到这座老宅的,但我却决定朝着斜土路的方向走去。我知道,即使能在那座老宅中找到"梁家辉"(片中男主角"人"的扮演者)的那只"还在走动'的手表,它记录的时刻也定已锈蚀斑斑。

可我依旧努力在寻找一条与银幕上极其相似的石板小巷,寻找几盏与银幕上极其相似的幽冥的路灯,以及零星几点与银幕上极其相似的"笃笃"的脚步声。我相信,今夜我也定能在一个有雾弥漫的巷口,看到那双生平见过的最美丽的眼睛和那帧最动人迷离的背影。

那确是一个如同今晚一样真实撩人的深秋之夜呵！我似乎明白，导演陈逸飞寻找的是什么了。我猜想，这位画家肯定是在某次写生时偶遇这座老宅，这座标满各种老上海印记的老宅的。

那爬满墙面与屋脊的枯老枝藤曾经荫护过无数曲折的恋情、亲情与人情，夭折过无数从未快活过但又永远是睁着眼睛的女儿们，盘算过生计与欲望，攀援过生生死死的界线，梦魂缠绕，千千心结。我不知道，旅美的陈逸飞有没有在画布上完整地表现过这座老宅。但可以肯定，当最后的一笔涂上深不可测的窗门时，他会把心灵中的某些东西丢在斜土路上……

在各自的生活经历与体味中，不是每个人都能拥有一段"斜土路"的，但谁都希望从背后，从看不见的方向有个声音像"张锦秋"一样地对你说："人，你好吗？"

被称呼为"人"挺难的，即使在今天也不例外。

## 三毛茶楼

我准确地记得早上五时的水路,清冽并且静谧。鱼鹰尚未起身,摇橹的歌声里,那个周庄汉子的青春在长久的水的浸泡下,只剩有失神的张望了。我真的向他招招手,告诉他,我们进入周庄时的情怀,如此的相同。在窄岸的远方,他归来的地方,是浩荡的湖泊,和一样浩荡的民俗中走过的历史。船舷的两侧挂着废弃的轮胎,这点文明的记号,在周庄的水系上,轻佻地荡漾。

我非常需要有一条水路,在陌生与悠闲的晨光里,流泻一次对古代的追怀与感言。那是真正的后花园,对于十里洋场。那些史实中扎着辫子,托着礼帽的大亨,也有个光着屁股裸泳的孩提时代,就在这样的水路里。潜伏或挣扎的姿势,让周庄的水有了波纹。当然,那时的周庄远没有今天的名声,可是老墙还是义无反顾地斑驳。老虎窗开启的阳光与月色,把波光写在了哪一堵女儿墙上?

一河岸的诗意与幸福,已被岁月冲淡,只有我们才会去歌吟。周庄人早已将灵魂融入这一腔水色里。风雨有渡的闲适中,过了近两千年了吧？拆了建，建了毁的中国周庄，微风浮掠的清晨，可能还有些以往的模样。如同我们心爱的姑娘沉静地瞭望，无力却能打击心扉。你不妨轻喊一声"娘子"，那河岸上的树，就起舞了。

我的水路，在木橹的吱吱呀呀里，很快地经过。经过桥孔下，你不妨听听阿婆的脚步。有回音的，潮湿的，糯米一样的脚步，一寸寸地在丈量那些风烟外的绵长与风烟中的心跳，就让它黯哑一次吧！

等我再回首时，桥成了反面，人成了背影。树荫开始浓郁，水巷如此如此地渐深着，转个弯，彻底地躲进了死角。歌声言不由衷，撩起周庄的往事。眼泪一样的水珠，零零星星来自桨尾还是枝头？

后来，我异常陶醉在周庄这般的街景前，中国江南的元素编织了整个周庄的地域朝向。使它变得亲切，不再迷路。这样的街头小景，年糕和蹄香的天空下，珍珠串成的风景线上，与抛绣球的千金，一同在阁楼的耳窗前，用天井里生长的嫩竹，多少女儿们在历数自己的成长。

那么，女作家"三毛"，也在周庄历数过自己的成长？

枕河而居的"三毛茶楼"，在古镇周庄显得孤单而又突出。

那双曾在马德里或是西班牙靠近法国边境的 San Sebastian 美丽地留下过印痕的步履——步履中甚至又能数出几粒撒哈拉沙漠中金黄的沙砾——它也曾在周庄走过？我没有系统地读过三毛的作品，"三毛"对于我，更多的只是一种"音节"上的意义。我面对过的也从不是铅字背面的三毛。因此，在周庄，当我踏进"三毛茶楼"的那个瞬间，便生出些许的感动。我第一次觉得与三毛靠得那么的近。

恐怕这就是我访问"三毛茶楼"的全部理由了。——在周庄，在恍惚间，我看见三毛真的在这里出没。我可以在她坐过的茶案旁认真地坐上一会儿。喝上一杯什么样的茶并不重要，只是我把盏的这只白瓷茶杯有可能被三毛不小心地碰过，即使它现今已缺了口，那也是相当有意味的。但我知道，三毛没有来过。

黑色的桁条和同样黑色的房梁在我的头顶，披着一层一百年的灰，一点都不心虚地撑托着这方天空。那刻，我听见"橄榄树"在更南的南方摇曳，我看见红土和木棉晃荡的身姿有如初阳的肤色。我在最后的茶客的背影中，永远弄不懂光阴去留间的惨淡与妩媚。

还有什么比三毛没有来过更加使人浮想联翩呢？

在哥斯达黎加，三毛"走断了一双鞋，又买了一双新的，预备走更长的路"。在"三毛茶楼"里，在被擦拭得纤尘不染的桌几上，光亮深处，我看到的却是她逐渐暗去的生命。所谓"更长的路"实际上早就终止在1991年1月4日那天的清晨。生与死之间的这条线索，捆绑的也不过是四十八年的心跳与呼吸。

"三毛茶楼"是周庄为三毛虚设的孝堂。

茶馆里的墙壁上悬挂着多幅三毛的相片。有一幅剧照应该是后来挂上去的。三毛本想借此剧角逐金马奖，但失败了。很多人都把这说成是三毛的死因。《滚滚红尘》是三毛的第一个中文剧本，也是她最后的一部作品。

这部以张爱玲为原型的著作，因为三毛的自杀，骤添了不少的沧桑感。1942年，二十一岁的张，因战事从香港回到上海时，周庄远没有今天的名声。三毛，这位叫陈平的作家，那时还未出生。出版《张爱玲全集》和作为《滚滚红尘》制片方的台北皇冠的平鑫涛及夫人琼瑶，在二十世纪九十年代，为华人文学史上的两位女性最终打上了一个忧伤的死结。

几年前，一位台湾朋友问我，谁谁谁像不像三毛？那时，我并不明确三毛的长相，随口说像三毛。朋友摇头，说不是太像。我说，她们隔着一道海峡呢。

朋友惊叹！还有什么比这个海峡隔着的这两块陆地有那么多的像与不像啊。

今天，海峡依然很远。尽管如此，在我离开周庄的时候，我仍旧觉得从未与三毛这样近过。

## 与乌镇无关

走完乌镇，并没有觉得非要写些什么不可。只是我在走完乌镇后，江南就没有类似的风景可以探望，不免失落。但也就此打住吧！你从第一次去周庄算起，用了20多年的时间终于把江南小镇看尽了。有人会说，方圆不大，气魄不大，一直围绕吴语越调，你也算是没出息到家了。我想想觉得也真的是。

江南虫蠹水腐的遭遇，犹如此刻的雨，翻覆不定。想和另一种风景说说话，总被莫名的环节打乱。呼吸一下草香，一踩油门，发现什么也没有抛下。你就是个凡人，注定受苦。就好像前天在乌镇，你在河埠头铺地的石板上读出的那句话：天作之合，物是人非。就如今天，你再次想起它，发现了它太多的隐喻。

傍晚去了宝华寺，和大师说起我昨天在杭州灵隐寺烧香时，因为心疼一小时三十元的停车费而如何心不在焉，草草了事的情节。他并没有怪罪我，只是微笑地观望着我，说："你远远不止这点心思！"他自言自语："阿弥陀佛，下雨不是躲避的理由。"我们又说到他家乡乌镇，他双手合十，念道："因了贫困因了闭塞，乌镇才得以保存原来，才得以以此面目示人示世，罪过罪过。切记，凡事速度过快，则痕迹越少！你的暧昧也是。"

雨有些微凉，印象中乌镇的屋檐下，淅淅沥沥的唠叨全安静起来。桥语舟唱的水路究竟有没有来路和归向？乌镇也无法逃脱见雨卖伞的习气，是否真的是因为乌镇面对了我们俗气恶习缠集的肉身？大师的眼镜片后的风骨其实比人间的一切都冷，但却更容易接受与膜拜。有时我也自嘲，要是泥身多好。

再往前数一天，是在周庄。陪几个远道而来的朋友弯弯曲曲地走走，轻轻飘飘地荡漾。生活就如天空的水气，聚散如斯。这才又想起，雨下了好几天了，但也不是所有的人心底都返潮啊。想起那位认识二十年的老兄，惊叹他给我的陌生。他说了几十年的话，怎么都没有这句精彩：我想喝酒啊！哈哈，我又笑了。是什么给他的潜能穿上如此长久的袈裟？去寺庙里住上几日，我非常同意。

记得在乌镇的"在路上客栈"，临窗可以左右环顾横贯乌镇的水路，在这样的窗外，景色显得别样幽暗。小镇忙碌一天后，一切都显得无比宁静。窗外不远处的一汪润泽，有古代深刻的划痕，黑一块白一块的乌镇肤色上，什么已经溃烂成沼泽，等新鲜膏药一样的覆盖。

乌镇回来有几天了，带回来的麦芽糖与红菱，给今天的午后一些童欢。可是那真正的黑色阴霾终于悬挂天际，心像一朵云，无根漂浮。做了几张在乌镇拍摄的照片，让它黑暗些。怕了光芒，怕了雨丝一般的逸言，也怕了对自己到底有无肩膀感的疑问。好像只有黑暗才能听见天籁，好像只有脱去眼镜才能看见迷茫。

今天的确不同寻常。一切都已经关闭。从来路回去了的岁月，披着雨衣，披头散发。酒气踉跄的码头，紧紧系牢的缆绳，载歌载舞地起锚和解放。像乌镇的每一天,始终在鬼魅的黑色里徜徉。江南所有小镇的风景开始串门,眼花缭乱的姿色等我闭上小小的眼。够了,只留枯荷听雨声吧!真羡慕乌镇有那么许多条只能一人容身的窄巷,那样会有很多次无法回避的相遇与邂逅……

## 上海森林

那天,在车墩影视基地,我无意闯入了"上海森林"的拍摄现场。我看见黑色礼帽与白色围巾在有轨电车的站台上上下下,也看见四马路上的枪林和弹雨。这刻,世界清晰得让我咂舌与惊讶。那些穿墙而行的侠客,骏马一样地飞驰,而那位被马蹄声唤醒的女子,也如晓风。我觉得,这女子的长发就是那个时代里壮观的落叶,她身后的故事,就该是那个上海的森林了。

其实,从很多描述旧上海洋场十里的情节中,都不难发现,岁月再久,也不过就是昨天。而就在昨天和昨天以前的那些日子中,那些款款深情的眼神,都把这个世界当成了一片森林。每个人都有一片属于自己的森林。那马背上飞越的浪漫与残酷,都难以让一个时代的林梢停止摇曳。

是啊,今天,上海这城市,什么是茂密如林木一样的头发?何处是湿润如沼泽的眼角?又有什么是它起伏如峰峦的胸脯?难以寻觅那些渐渐消亡的原始的情怀,浦江水究竟还有没有轻声温柔的回响?

本来嘛，上海本质上就是一座没有森林的城市。老西门、小东门抑或是荡然无存的北门圈住的那一方老上海，尽管孔庙森严、城池森严，但那毕竟不是森林。当然，森林也不完全是地貌上的留存，有时候，甚至许多时候，只是心灵上的一丝丝皈依。这就是说，如果生活的这个城市没有山，那自然就渴望见到森林了。或者，这个城市尽管也有以"森林"命名的去处，但那的确不算森林。

自上海开埠，西风渐进，洋务盛行，上海，也如同森林一样，由幼及长。今天的上海，完全可以称得上"森林"二字。这座钢筋水泥垒筑的森林，在远远的东方，风月奇异。

我们都无法回到那个年代，无法在那个年代的天际线下慌张与匆忙。这世界就是一个魔方，有太多种方案与路径的选择，却单单没有最终唯一的退路。饥肠辘辘的苏州河水，弥漫了谁混浊的眼？

这是怎样的一部电视剧？为什么叫"上海森林"？这些奇怪的问题迎面扑来，有点突然，就如同这个没有森林的城市一夜之间枝叶繁茂、层出不穷，甚至是峰峦叠翠。那个瞬间，枝枝叶叶拥抱合围而成的空间，有了一个奇妙的入口，我几乎就要看见野草荒冢，几乎就要看见流星泻地！可是没有，光影闪动中，只能想象那个时代的绿荫，青翠欲滴。

民国与民国的故事总有许多让人猜想的内容，这个世界，当猜想变得更安全的时候，我们实际已经失去了对今天的斗志。在我的世界，希望与不存希望其实是一回事，所以，在片场直到被清场驱逐，我就一直在那个角落里发呆。我并不企盼看见什么精彩的情节。

许多天以后，在今天这个城市的街心花园，丰满肥厚的阔叶无论如何都不可以反射出当年的初阳与光芒。过去的任何一样东西，对于今天，如此的奢靡。导演用导筒呼唤的那个时代的印记，模糊不清。可我却在让今天穿越昨日的身体。

我想，有些声音与共鸣，只是我拣起一段刻骨的印记，放在了无尽的归路上。我，和所有的今天的人，无一例外地迷失在了如同汪洋的假设的森林中。我们什么都无法穿透。我们只可以一寸寸地丈量湿地与隔岸的荆棘，只能在阳光与月色经过后，透过错落疏密的叶的缝隙，在那种摇晃而来的亮点边缘穿越，或者试步。

当片场的鼓风机制造的"风"，如同巴掌一样的扇过我的脊背，当假戏真做的硝烟在另一片胶片上打结的时候，我忽然明白，这个城市，当常青藤用四肢般的缠绕，拥抱暮色与天籁时，我们就可以将其理解为"森林"了。那时，我们的幻觉就将走得很远，融化在杜撰出的那片森林之中。

当我再次看见那个扬鞭策马的女子从戏里跃出，上海这个城市就有了现代意义上最初的狩猎。那年代，把上海叫做"冒险家的乐园"，说白了，就是对人，或者财富的狩猎。从那时起，所有目标往往都会锁定在通往天堂的那截台阶上，而不会是通向地狱的那一截。

恍惚里，台阶的上沿应该是秋天的颜色了，有些金黄，有些颓靡。这便是上海这个城市的颜色。是上海的肤色。

半个世纪以前，那时的秋天是怎样的光景？落叶如裙摆一样吗？裙摆像眼神一样吗？这些都不重要，重要的是，那个时代一切可以被笼盖的娇宠，它们共同筑成了上海这个城市的这样的季节，并为其添加了分量。

今天，浦东早就没有了炊烟与农舍，没有了一条蜿蜒而来的迎接我的泥泞小道。这才发觉，我们拥有的一条条越过过往障碍的江隧，也已过了流泪的年纪。在这城市的森林中，苏州河就是一条小小溪流。我们假装洗手的一汪不清的水，映着上海的脸。这条河是这个森林的灵魂。

此刻，我还是不愿意在这样的森林里，因为我无法觉察到世俗中一切声响的消失，上海，永远在呻吟。钢筋水泥的森林中永远也不会凋零出一个缺口，永远不会露出一方辽阔的天空，让我看见暗示与泄密的爱语，是否就在那里！

从那个现场出来，惶然不知去向。那岁月粘稠的风烟倏然消逝，那旗袍紧裹的黄昏，如今如同一匹绵软的青苔，它依附在树干和荒石上，成了这个城市森林里最无力的一种向往。可静静想想，有时候它也温柔得让人疼爱。

剧中那最后的一枪击中了什么样的故事结尾？我终于没有看到这部电视剧，就那几个单薄的片断，以及一个女子的戎马闪烁的华彩，让我偶尔会在某个有风无雨的日子里想起。生活里，我们究竟有多少个这样有风无雨的日子呢？

我记住了"上海森林"这四个字，认为这就是这个秋季最好的收获。从片场出来，我们又何尝不是走入了另一个片场呢？

"上海森林"，这四个字真有意思。

# 夏日秦淮

平江府路在拆迁。门牌号码断断续续，那个熟悉的靠近现在珍宝坊北首的某个地方不见了。是消失了。城南成片的废墟上，只是这一处拆到了我的记忆。这个记忆定格在六岁上。也是这样的一个夏天，那个只用蒲扇摇晃的岁月，我在那里丢失过。当家人找到我时，我正坐在一条墨绿的河边。那时我第一次知道：河，叫秦淮河。

后来，不止一次地读过朱自清的《桨声灯影里的秦淮河》，每次都会勾起我对那次丢失的难堪与惶恐的记忆。我是为了一碗鸭血而丢失的。那碗鸭血上漂浮的碎碎细小的葱花，便也如同记忆之河上的一些索引，常常提醒我与鸭血般赭红的南京地方史有过的这么一种非常的接触。

再后来，我几乎每年都要去一两次南京，可我没有去过秦淮河。直到这次重返，间隔了三十八年。"三十八年过去，弹指一挥间"。在秦淮河的夜色中，有关那次丢失的记忆竟然亲切起来。那个当年穿圆领汗衫卡其布短裤的少年现在没有了哭泣和惊慌，他沿着河北的廊道走到不能再走下去的一框长满艾草且是上了锁的门前。在掉转头回返之际，他敲敲厚重的门板，他知道，当年因为寻找而异常恼怒的父亲，很慈爱地在门那边，不，如今是在天上等着他。

上世纪七十年代，我生活的农场陆陆续续有大量的南京知青被下放过来。我记得一个杨姓的青年人，长得一表人才。会吹笛子，我们更愿意听他在夜晚讲《梅花党》《一双绣花鞋》等等故事。他就住秦淮河畔的乌衣巷。"朱雀桥边野草花，乌衣巷口夕阳斜。旧时王谢堂前燕，飞入寻常百姓家"就是从他自豪的口吻中获得的。六月的一天放学回来，却听说他上吊自杀了。文革结束后，他自杀的地方成了农场的会计室，我母亲就在里面办公。我大二那年暑假回农场没有地方睡觉，就被安置在里面。自然就想起了这位秦淮故人，想起他地道的南京口吻中饱含的那些神秘恐怖的语境。无法入眠。头顶的木梁上，他上吊的绳子居然还有一节死结悬在上面。

李老师也是在一个夏天溺死在秦淮河里的。一九七四年的暑假，李老师从农场带了一条没人要的狗回到了南京，养在中华门的家里。有一天，平常挂在他小儿子脖子上的毛主席像章不知为什么挂到了狗脖子上。那狗却溜出家门上街去了。可怜的李老师穿着拖鞋追了出去，一直到拖鞋跑坏，也没有能够追上它。当看见狗最终落入红卫兵的包围圈，红卫兵又掉转头来追逐他的时候，李老师完全失去了奔跑的能力与理智，他似乎看见那张"现行反革命"的牌子已经挂在了自己的脖子上，他在秦淮河边崩溃了，迷迷糊糊地跌进了千年来一直革命不息的秦淮河。

今天，我坐在河边的浮船上喝茶，满脑子却在想这样的往事。身边不远处一个卖唱的少女弹着吉他在唱歌。夜风徐徐，灯影恍惚。我听不见琴声和歌声，可我感知到了一个旧时代的悄然远离，一个光芒无限的夜秦淮在开始讲述一些全新的故事在铺展一些全新的情节。在上海时，我常常称自己为"一个四十岁的外省男子"，可现在，在秦淮河边，我却有沐浴家乡的风和新月清辉的感觉。尽管我不是南京的儿子。

灯影人影迷离的岸上岸下，全在晃荡风上风下的有些粘稠的张望。希望一不小心也跌入河心，在唐宋明清的文脉里潜泳。那些断代的笔墨，断代的手心掌背里一并滑落的文字，如果能在河面上起一个水泡，或许就是一截历史的出口，也许就是我肺腑的张合间的一汪清水吧。

夜深时，我上了一条游船。我要逃离这满眼的灯影，我希望它能划进一片黑色中。我不清楚这条河的历史上到底埋藏着多少影影绰绰的故事，那些口头上或文字上流传至今的或文或武、或奸佞或忠烈的故事，我想，随便用一个片段，就足可以让我们这样的匆匆过客很惆怅地离去了，记住南京好一段时日。南京其实也是一条船，有开埠，有码头，有路线与航程。至于我，今夏的秦淮河就是一把蒲扇，为我扇过了一丝莫名滋味的风。

## 在天堂与天堂之间

多年前，在上海认识了朱，当时他从苏州美专毕业不久，在上海这个城市流浪。后来，他去了浙江，在杭州郊区那个中国最富的县城混生活。曾经给过我一个号码，那个电话本年久失修，很多字迹都看不见了，包括他的电话。好在有他比较详细的地址。

三个小时的车程，我几乎是擦着夜色闯入那个与杭州隔钱塘江相望的小城。饿着肚子，问询了若干人，他们都告诉我，我说的那个地址早已拆迁了！饥寒交迫的我选择先住下来。然后找了一家小酒馆一个人喝了四瓶啤酒。夜色很深了，倦意很浓了。回到旅馆，和衣躺下。没有什么梦想在这个异乡翻晒，然后天就亮了起来。

一个朱的旧址上修摩托的工人告诉我，说，他去了杭州，而且在文化宫谋了差事。

赶到杭州，第一家我先去了杭州工人文化宫。凑巧的是，朱的确在这里待过，只是现在又走了。门卫说，他的头发太长，那条辫子太让领导不爽。

掉头要走的当口，门卫喊住了我，递给我几个封信。信封已经破旧不堪，都是寄给朱的。并告诉我，他现在好像在下城区一个大企业的边上的地下仓库里住着，试试看去吧。那天特别的顺，顺得我有些不好意思。一个老妇人领我找到了他的住所，长长的地下通道尽头，是小朱的房间，门关着，没人在，门板上用颜料写着他的手机号码。号码几乎占据了整个门板的空间。

电话通了，他有些不相信我真的在杭州。

他问我在哪里见面，我问他现在在什么方位，他说在西湖边。他问我吃饭没有，我说没有，说肚子正饿着。他说在哪里吃，我随口说，西湖边，湖滨路上有个味千拉面知道吗？他说知道，常去。他说他对西湖边所有的吃喝场所都很熟悉。

我比他先到，找了一个靠窗的桌子坐下等候。后来他来了，我老远就看出了他。他比几年前瘦了。

我向他伸出了手，他没有接。四下看看，问有没有洗手的地方，我说在二楼，他说，他去去就来。他向我展开了手掌，右手黑漆麻污，是炭精条的颜色。

一会儿，他重新落座，伸手和我重重地握了握，说刚才在画画，没来得及洗手就来了。

他问我来杭州做什么，我说我来看你。我没有告诉他前夜今晨我找他的经过。他也没有问，好像我应该找得到他。

我问他现在过的什么样的日子。他笑笑，说一如既往。他告诉我，他天天就混在酒吧餐厅里，给客人画素描速写。这不，刚从南山路一酒吧过来。他神色有些不自然，有些腼腆，好像还有些自卑。

他似乎不愿意再谈这个话题，我也就没有追问，也把话题岔开了，说了说天气，和杭州和西湖等等。

还是他主动问起了我的现状，我说，老样子。他笑笑，说我的"老样子"和他的"老样子"不一样。我说为什么？他说"不为什么，是显而易见"。

他说他现在画一张可以有三十元的收入，只是，需要的人并不多。还说，他已经习惯这种近似乞讨的日子了。他说，很少有人像我这么傻。我说，为什么这样说。他说，几乎遇不到像我这样把他当兄弟看待的客人。我知道了，他说的是2006年，我们第一次接触，在一个酒吧，他给我画了一张。我给了他一百元。他说那不行，他要守规矩。他找了我八十元，说他喝了我一杯啤酒。我说那是两回事。后来，我们就认识了，也抽空在一起喝点小酒。

他说时间过得真快，说从前日子里很多东西都不存在了。我竟然有些黯然。我说，有些东西是注定要失去的，不是你失去它，就是它失去你。生活充满了变数，要学会理解生活背后潜藏的那些暗示。懂得暗示是琢磨生活的第一步。

我问他有女友了吗？他说，不知道。我没有再问。

我要了四瓶啤酒，他只喝了一杯。他说他不是不胜酒力，只是许多人本来就讨厌他这类人，如果再醉不拉几的，那就更令人厌恶了。我告诉他，"好了"和"坏了"都会引起别人的厌恶，只是自己要清楚这点。等让别人把对你的厌恶说出来，那是做人的失败。

两个小时很快就过去了。我邀请他一道去另一个朋友那里去吃晚饭。他婉言谢绝了。他说，他现在这个样子，不适合被人邀请，说我们好久没见面了，想和我多聊聊。我发现，我是在耽误他，是在浪费他的时间。我说你还是别坐着陪我瞎掰了。忙去吧。他站了起来，看了看自己的手掌，然后再伸向我，说："那好吧，我走了。大哥。"这声大哥喊得我内心痛楚。

后来，他又回到了上海，在上海康定路某号的地下室，朱永国在里面生活了4年多。他的工作室叫做"三种人工作室"，安置在这个近300平米的地下空间中。那里是他的全部。4年来，他把那里打造成了他心目中的"天堂"：颓废并且纯粹。为此，耗尽了前十几年所有的积蓄。

我说为什么不联系一个画廊？他笑笑？无语。他说，比我300平米大的工作室在上海比较少。他很满足。

2009年7月22日上午，我打电话让小朱到户外去看日食。他说，他在拉萨，正在睡觉，对日食不感兴趣。他说，对他而言，一年365天，天天都是日全食。

7月26号他回到上海时，地下室中的一切都长出了一层厚厚的霉，那些在微弱光亮下闪着银色的霉菌，让他毛骨悚然。被西藏纯净的天空滋养了一个月的小朱，突然开始后悔自己没能早点回来。他细心地擦拭他的每一幅画和每一件雕塑作品，并拿到阳光下去暴晒。一个月前离开时，鱼缸中有六条活的金鱼，回来时，只有一条还活着。他说，它在等他。

那些天，暴雨疯狂地席卷着上海这座城市。他的地下室积了三四公分的水，他从晚上九点开始往外提水，一直干到凌晨4点。他说，他记不得提了多少桶水，人快要瘫掉了。现在，他用木桩和沙包在自己地下室的进口处筑起了"堤坝"，以度过这个雨季。

在这座城市，有许多类似小朱这样人以各种名义活在地下。不论是像朱永国这样的"为艺术献身"（小朱自己这样说）的另类，还是因为别的原因只能以地下为伍的人们，用小朱的话说，"我们都是弱势群体"。

一晃好几年不见了。每到大暴雨,我总会想起他的地下室。这次台风海葵经过,我驱车专门去了他的工作室。大门紧锁。看门头上那个摩托车发动机还悬挂着,知道这还是他的地盘。可他手机,已是空号。我在他门缝里留下我的字条,请他看见后给我回电。

一周后,我接到一个陌生号码的电话。是小朱。他已回苏州,上海只是偶尔才来。他说他离婚了,现在又有了女朋友,白酒也彻底戒了,改喝啤酒,所以,比以前胖。他还说,期待再见。

## 天下常熟

连续四个年底，去"上海昂立华山体检中心"体检都是住在沙家浜。今年我想见见那里的老同学，就住在了常熟。谁知还是被朋友安排在了尚湖风景区，那里与常熟隔着一座山。

听我要来，我们班级不仅常熟的，包括苏州、太仓、张家港甚至远在南通狼山的都说要来，这让我过意不去。我打发好我的同行者，就驱车去了市区。他们约我在一个叫"王四酒家"的地方会面。坐在酒店的大厅里等待，看玻璃窗外寒风里的车来人往。我在这样的风景中往后退去，记起我与常熟的故事。

我与常熟的故事，全部发生在公元1984年的春天。

在那个阴冷和泥泞的春天里，我傻傻地独坐虞山西峰，那里可以遥望尚湖。那时，21岁的我希望眼前无垠的绿色田野，瞬间会有无限的油菜花开。当年我在那里做实习老师，教政治经济学。整个实习队伍共七人，三个女生。我们来自不同的系科。其中一个女生是常熟人，这让我们非常羡慕。她是外语系的，喜欢拎一个白色饭盒走在灰不拉几的我们的注视里。她喜欢穿一件鹅黄色滑雪衫,像一朵油菜花。我们都叫她"油菜花"。

那个春天真冷。我要父母寄60元钱给我,我想买件毛衣。钱收到后,我却激烈地斗争起来,为的是攒着买一个皮箱以及放暑假去杭州玩,还是买一件穿在里面的毛衣这样的事情。我们的同学都有买皮箱和去杭州的打算和计划,这让我心里很痒。可我也的确需要一件毛衣,那种可以把衣领翻卷好几层的毛衣也让我追求了多年。

后来实习生小分队全知道了这一情况。大家一致认为我应该先买一件毛衣,然后等夏天了再向家里伸手解决皮箱和杭州的事情。我认为极其合理。我决定等下一个天亮到时就付之行动。那一夜真长,让我尤其记住了那年常熟春天的寒冷。可是等太阳出来的时候一切都发生了变化。

吃早饭时,我们七人依旧围坐一桌。油菜花坐在离我最远的那端,小口地喝着稀饭。我觉得她的眼神里有话要说。大家吃完了正各自要走,油菜花说话了,是对大家说的:"我哥哥开了一个毛衣编织社,他是残疾人,他的两条腿都没有了,做不了别的事情。张同学如果真要去买一件毛衣,是否可以考虑让我哥哥给你编织一件?肯定比你去商店买要划算。"大家一时都愣住了,说不清什么滋味。我几乎不假思索地就点了点头。

油菜花家住在一个叫钟楼路还是鼓楼路,或者叫钟鼓楼路的街上,我今天已经记得不太清楚了。因为我一直没有走进这个巷子。她总是让我在那个叫"琴川闸"的闸背上等她。她不许我去她家,哪怕是在门口。我记得那个常熟的寒冷的春天里开始有些温暖。等她时,我就看成群的鸽子在低矮的房顶上盘旋,有时也会看盘旋的晚炊弥漫住一条河道。我记得寒冷的常熟1984年的春天,我在"琴川闸"上身披过无数次的夕阳。

毛衣编织好了。她是抱在怀里走过来的。"穿上试试，不合身再改。"她说。我脱下灯心绒外罩，穿上了这件毛衣，除了领口有些紧外，非常合身。我说很好，她简单地笑了笑。她踮起脚尖，翻起我的领子盖住我的下巴，说风大的时候可以这样穿。今天，我清楚记得那件毛衣是12元。

在常熟学校的实习很快就要结束了。我和我的同学还要去常熟福山搞社会调查，有关"小城镇大问题"的调查。这样我和油菜花就要告别了。也没有特别的感伤。临走前，她让我和她一起去"琴川闸"，让我在那里等她。不久，她回来了，提着一个塑料袋。她说，她哥哥很英俊，截肢前和我差不多高。她提着的是一双胶鞋，说她哥哥用不上了，说我到乡下去，会用得上的。她说她不陪我去学校了，要帮哥哥上机做夜班，再三叮嘱让我不要迷路。

夏天很快到了。我没有买皮箱，也没有去杭州。离开苏州前我去过一次常熟，在那个闸口徘徊过几小时。

从此再也没有遇见过她。

# 七里山塘

这次因为参加毕业 20 年同学会,我终于有机会在苏州"城里"住上几天。但那已经不是我们那个时代的苏州了。我眼中的这个新苏州,再变成 20 年前的样子,要过两千年吧?要的!我一路揣摩干将路的旧影和凤凰街不飞的顾盼。在望星桥头看渔火灯影以及手握摇橹的历史。

昨晚在酒吧喝过的那些搅拌过的液体还有余味,可我真心不喜欢鸡尾酒,那调和的步骤像一个公式,我们的生活的公式,与酣畅相比,便失去了意义。其实,我们无奈的方程,永远无解。

从观前街上的"大人家飙歌城"到石路的"滚石娱乐",我一路唱去,20 年前的苏州和 2000 年来的风烟,在眼前晃荡的画面,使得我找不到了音准。我最准确的那个音高,就在这风铃肃杀的虎丘塔上。久违了,我的仰视。还有剑池里浸泡的绿青苔,在漫过脚背的雨季里,匆匆隐匿一段传奇和数个古代。我在关闭的山门前等待一丝风挤出门缝,好让我的倾诉沙哑继续。

七里山塘,是古老姑苏的码头。在这个码头,载着传说,以不可思议的速度，还原了一个梦。船头还未登场的艄公或船娘，还有乌篷掩盖的情节，始终在酝酿下一个船客的走向，用吴语表达。那么此刻，我该说些什么？说消失的风华正茂，说躲在眼镜玻璃夹层里的女子；说我以怎样的目光看并凝望，说培土后的开花以及隔着的两岸；说向前，向后或停滞不前的选择吗？

暮色四合的山塘街、冰糖葫芦、莲藕菱角、绫罗绸缎还有胭脂香粉以及才子佳人的庙会，在我记忆的天空下，熙熙攘攘。如今，现代的脚步和车马以相反的构思，背影一样的寻觅与考古，像来一样地去，像去一样地来。来来去去里，磨得光亮的石板路，照见了那个放浪的形骸。

唐伯虎是从这个浣洗的河埠头自解纤缆，去无锡去点秋香的。竹影和迎春搅乱的水面，叙说着笔墨纸砚背后的荒唐，"卖身"与"卖文"的说唱在歌颂一段"弃世不弃情"的浪漫。多少后人是因为这个人物而来山塘的。

山塘像布景，戏子穿梭，主角难逢！这条盛产故事的地方，每一寸土地都可以成为丈量千年的元素。听见了，那地底下埋藏着一句台词：想念是对还是错呢？

原来啊，镜子般的心境在明朝就开始荡漾了。

在明代，他们也有我们一样的亲吻的样子，以及欢愉的呼号。这些也只有在烽烟乍起时才会起舞。我们如舞的身姿，站立或者卧倒，都是那个朝代的翻版。

喜欢这黑瓦白墙的风景与智慧，喜欢智慧中历史与现实的一次并不成功的逃脱。浸泡的酒在黑白的暗夜里暗泣。

拆迁与重修的历史，我只在意一个眼神。眼神里的追逐和不羁的文章，在"江南四才"的酒赋一不留神后，就把注目献给了唐寅。一个唐伯虎够了，他亲手摘走的风景挂在历史的顶峰，也变成风景了。我们的任何甄别，都在喟叹中收场。后来有多少人走他的步伐呢？只是至今没有一个学得像样的！如同远方的那团雾气柳烟，谁能把它拧干？

今夜，何处是我酒醉的方向，能从此把我从一个暗处带到了另一个暗处？我知道，灯一开，诗句会飞走；灯一开，湿润的肤色会走远；灯一开，历史成为了遗迹。

灯一开，什么都不会留下。

灯一开，山塘何止七里！

## 西塘的早晨

尽管还没有我需要的微霜，但随这样的一缕炊烟走进西塘，我才发现西塘是一种活的风景，生动且舒畅！头顶的丝瓜藤已经有了败叶，可无关紧要啊。（或者说，它早该有败叶了。）只是在远方那个也是早起的眼眸里，昨夜月亮离圆的距离，也早早地潜伏在流淌了一万年的水底。我拣不起水中那张墙的脸，然而我不可否认它的分明，如爱情。

当然，如果你不是久居此地，或者如果你还没有一份刻骨的理由，那谁都不能一眼看出这个河畔坐落的风景叫什么地名。散落在江南如练的河畔，这样的景致雷同并且重复地穿着相似的外衣。因此，江南古镇的渊源与年代也极为相似。包括满世界悬挂的在不同天空下相同的红灯笼。

那么，不妨就把种风景叫做水乡吧！水乡就是这样历史地诉说着自己的千年以往。你可以在悠闲的梦里，听水底脂粉走动的声响，和开启的木窗后，老风铃暗哑的提示。那瓦楞曾经吊挂的冰凌下，中国式的廊桥里，彻头彻尾的乡亲与家什，统统在淡看我们的过往。我们过往的日子中，无法不去承受一夜一夜的雨。雨天的心情总很特别，多愁并伤感。我以雨的样子和水讲，那远方是什么，如此的色彩。如阴天里的一枚玉，唯一和闪亮。闪亮的眼在看最后一行那个发消息的时光。我接不住一滴水，同样抱不回一场爱情，在雨天里随意走走，冒充眼泪一样的咸涩，或甜蜜，或者啊，用半个拥抱，换一次避难，换一个笑的表情，然后我向着北方，猜整个的谜底。

或许你能够在一个早晨，经过一个初阳映照的街角，眼见那些个写尽沧桑的蒿草挣扎出石缝的样子如历史的胡须，垂死但傲气。谁都需要过桥，无论贵贱，因为那个远去的年代，人们的地位是在水路上显示的。所以小镇的街区，总是安详而从容。古镇很好地保留了这份安详与从容。斑驳的老墙，如琴键般地站立，和风柔雨地张望了那么久。一切都可以从门缝中挤进来！

我们应该用每天的某个时段，相互地打量。在水乡的一个拐角，听历史的脚步把两个孩子拉近，用清晰的语调嬉戏。可是啊，生命的码头走远的号子里，余温犹存的怜惜，如同石板曲径峥嵘的等待呢？

你当然也可以换个角度，看见一只眼睛似桥孔般地静立。眼珠幻成为了一汪秋波。你看，你看啊，这样的眼睛！被昨夜的风吹卷起来的酒幡，在错落的建筑上，和什么样的人打着招呼。甪直用这样的眼光看世界，便能引来尊重和附和。那是因为，水乡若干年没有打扮和粉刷自己了。正因为如此，这里的天和水才显得干干净净。可是，谁能说得出，从眼波里，从眉弓一样的桥脊下，走过了几代祖先？！

深秋的西塘，河面上尽是雾障。雾若薄纱的说法未免俗了点，可此刻我实在不知道如何去描述这仲秋的一帘轻雾。紧裹的体态是老了些，但裙摆撩起的今天的第一轮波纹依旧动人。也许是水的缘故，江南才有如秋波一般的妩媚。柳烟浩荡的季节还没有尾声呢，情怀却影影绰绰地弥漫开来。水路来回的岁月背后，写满猜想。

船歌与号子起锚的动静里，长篙摇橹开始穿透露水的深浅和温度。西塘往东，阳光很迷茫的动机也开始起步。一寸一寸的光阴，我可以用手指来数。你也许并不知道，你昨夜的声音就是在这样一个水的边缘低回。我脚步丈量过的石板小径，并不因为我而多出一道裂缝。只是你说的那种安静，早被"突突"的心跳喧嚣了。

在挑担步行的老乡们的东张西望里，已将一天的收成卖空。仅有的一声吆喝，也许还点不亮一盏灯笼。我不敢说他拥有诗意的劳作，他也许肌肤很苦，但只要能走在这样的归途上，心灵却自会愉悦。空篮里的一筐太阳，在水墨般的对岸写尽安逸与淡泊。长廊如莽，亦如西塘的眼皮，张合间的空灵标签似的贴上西塘的额头。

典型的西塘风光，一切都在柔波之上。昔日的私家码头，没有因为如今的旅游景点化，而摇摇晃晃。沉稳的载体，是西塘的风骨，是你所言的那种出世的明白，女儿一样的干净与清澈。不忍心多看一眼的爱怜，圈起了一隅等待与渴望，把它寄给远方。让被感动与被感染的信息越过千万里扑面而来。

在西塘的一个老式理发店，我看见了那里最好的风景。伙计开门时的漫不经心让我动容。剃头匠还没有莅临，虚位以待的从容不迫还在持续着遥远年代中这个行当最本质的作业。窗外门外就是水路，残破的电风扇消灭了浪声。只有从外面挤进来的湿风与写错地方的阳光还在带领我去褪色的镜子里去观瞻自己的虚荣。

和这样的斑驳相比，我还年轻。我看中了那个后门与石阶。我一次走神中的酝酿，和谁偷渡？带我走吧！李白秉烛约会渔火的传说，在西塘的窃窃私语外。乾隆的龙舟驶不出的汛期，在野塘漫水的情节之外。你，也在我的张望之外，蜿蜒而来而去……

捧在手心的旧春，在秋天的落叶上镌刻了已经失踪的名字。那纵横交错的水路，迷惑的波光粼粼，以及偷偷亲吻的楝树，在水乡古镇的平方公里中，用诗行和戏社，讲述憧憬里的我们，跌跌撞撞。

在古镇一不小心与那些别样的景色撞个满怀，你千万不要走开。你应该仔细看它一眼，你会觉得已去的历史，其实真的是历史不可省略的链节。锈迹斑斑的年代，是千年古镇的一个补丁。很多现在的孩子，已经不知道水乡遭遇的年代是怎样的天空了，但这不能成为借口，你们不该否认，这或许就有你父辈的鲜血淋湿的夜色。

你用好奇的目光面对流水，我用渔网和铅云笼盖流水。我们在亲密无间的古镇缝隙里，观看新娘的碎步和踉跄。无法设想前世的姻缘，在张灯结彩的后厢，如何徒步，如何眺望。

如果你偶然遇上这个会唱《紫竹调》的船娘，你就真的幸运了。船娘在江南极为普遍，但像她这样如此神圣地摇橹并且唱歌的，少了。她也许并没有出过远门，可是我们没有理由不聆听她的声调与伤感。她的一生就丢在了江南的水路上，她丈量幸福的尺度也许与我们不同，但不可否认，她的幸福是发自心底的。她把生命里最后的一亩想念留给西塘的水。她可以告诉我们沿途有多少的石阶和故事，一点不亚于我们谈论无聊的斤斤两两。在她摇过的水路上，我们洗洗心灵吧！

所以，我真愿意成为一椽木梁，置放在临窗及水的瓦楞下，去长久地思考我们的前世与来生。

# 天堂岛

太湖中的天堂岛,古称北箭壶岛,又名箭浮山,因为拍摄《摇啊摇,摇到外婆桥》而闻名。2008年秋,橘子红了的季节,阳光很好,很适合上岛。

岛上发生过的那场虚构的有关黑帮的历史故事早已烟消云散。码头上紧栓过的情节也在时间中松散开来,成为岸边的泡沫。那群夜色里鬼火般的芦苇一直没有收敛起无边落寞的摇曳。我在摇曳的新苇花的招展中,上了岛。

其实,我是喜欢在一种风雨里走走晃晃,把那些树上结的果实,土地中生长的藤蔓看成呼吸的理由。如果还有一截残灯斜照的诗行,就更加完整了。在诗行里,在历史的风烟下,我喜欢描摹那些弄花薰衣的旧时姑娘。她的梦还是绿酒易醉,跌跌撞撞的吗?那刻,我们还记得重回柳林的约定吗?

那个故事里,泣不成声的夜行船摇过了惶恐和孤单。终于,一切都在那如今已经废弃的桥下走失了,也包括你我。我的夜,一样地熄了灯火，熄了心思。摇摇晃晃的醉歌醉舞里，我的窗外，早就天亮。天亮可以看见缺月中二十四个节气，全在表白脸红与纠缠。亮着的记忆是你岸堤的前世。其实，我们都从来就没有看见柳浪盛开过！

我觉得，那刻我突然想飞了。盘旋在你秋月的脸庞上，我在一万米的高空俯瞰的那巨大的世界，看去，却像个樱桃般嘴唇了。隔着许多的春天和夏天，和秋天与冬天，有些霞霭让我怀念了。

有一种渴望的情绪在激越流淌。

梦见你撕裂我的身体，从容地向我挥手，在赤头赤尾的梦境下，我成了后视镜上那些偶然降临的羽毛。我洁白地告诉你："我来了！"我在一个栅栏残断的黄花上，变成春天的雨露，变成一阵风的归途上最初的鸣号。

我不懂我是否握住了天堂的衣袂，我不知道我在那些过往的时光里，是否拥抱过那些稍纵即逝的云彩的身体。我只记得，在梦中，在悬河的堤岸上，我守候着悠扬的笛音随意丢下的青草。我终于，在今天下午，和一杯茶谈了谈心情。

昨夜，我疯狂地梦见了你！梦见我吮吸着你的甘霖，在天与地之间，我为你匍匐。我还梦见大地生气时的表情，有些模糊，像更深的一场梦。我最值得自豪的，是我梦见了群山的肩膀和一波水纹。我歇脚的那个墙头下，那朵无声的仙人掌。也梦见了风景的味道。梦见山峦的垭口，那里，曾经有过的一场亲切的等待。等待那场虚拟的噩梦降临。

我无数次对着梦境，说我不愿意醒来。有谁与我一道，去梦见比如柔弱的鼻息，比如那些指尖在掌心划过的行走，比如一次回眸的长发，比如期望飘扬的一种包裹，后来，在夜，在一个无人街头，有场黑白的露天电影，在模拟我们的初逢与缠绵的邂逅。

许多日子流淌以后，许多精彩在梦醒的第一个瞬间，没有抱起的那些笑容，就让它幽幽地盛开吧！在归途之外，在你挥舞的消息的背后，许多双眼睛在沉静地观看。看夕阳的颦眉中，是否有晃荡的忧伤弥漫。我多希望那种弥漫是一个人的背影啊，让许多的方向在颦眉中中失去转动。只向着忧郁弥漫的方向。

我梦见绿山吻了溪流，梦见步调不记得了灰尘的脚印。其实，生命突然醒来的那刻，我们的眼前，全是山。昨夜，我没有睡眠的窗外，风呜咽而过。我丢失了许多采集的最大的类似葡萄的心愿，以及葡萄一样甜的话语。

我梦见褐色的堤岸上，早晨的露水总走得那么快。走得这个世界没有一滴灰尘。季节的脸盘上涂了最后的青色，那些明媚的梦寐的安静直视着我。我丢下画笔，丈量了谁的唇？我梦见，有一朵花问我："那个比花还美的窗外呢？"有人回答，说："在你们开败的时候，那个花朵，那个恹恹的苞蕊才睡醒呢！"

这就是天堂！

# 悲伤的行板

事实上，这一幕发生在四月。春天象征性地在我的身上做了一个了结。我徒步前往一个叫大剧院的地方，在歌剧《茶花女》的巨幅宣传画前让头发沉默了数秒，威尔第的旋律就便已经响起。在剧院保安的注视下，引座员轻缦的红裙和我的一袭黑装，用迟到的方式，庄重且热烈地走向一排二十四座。

我记忆中的小仲马《茶花女》里"堕落的女人"玛格丽特·戈吉耶此刻被叫做薇奥莱塔·瓦莱里。这多少让我有所不适。当小提琴极为虚弱地多声部地拉开序曲的时候，我甚至感到自己也柔美与凄冷起来。

我还没有来得及适应的暗色里，一切都先于我，如诉如泣。先是音乐，再是音乐，最后还是音乐。音乐揭示了我们内心的枯燥的秘密，让它鲜活起来，让我已经忘却的灵魂在肉体之外跳舞和掩面而泣。变幻的光影，预示着我们隔朝隔代了。在柔板的表情里，我突然意识到，这个座位的获得，有点意外。我的失魂落魄的春天的尾声里，《茶花女》的情节和亚芒·丢瓦尔的眼神弥漫了我的天空。

我想起大学时代我们的图书馆，那个总爱读名著的孩子至今还坐在我的对面。其实，我知道，他早已为人夫为人父了。在江南沿江平原上，时光勾勒的线条中，那双手捧小仲马的掌心早已放弃了浑身的文艺气息，可捧过的岁月并没有走远。只是，青春老去了容颜。

我为什么在那天想起他呢？否则，我就不会想起小仲马。当然，《茶花女》也就不会让我眼熟和眼热。我也就不会破费，附庸风雅坐在乐池的前沿。我用耳朵已听不见月润般的呼唤和潮汐一样的叹息。

我曾经用"戈曳"这个笔名浪迹江湖。我不否认这是由于我受了这部法国小说里的玛格丽特·戈吉耶的影响。图书馆坐我对面的他曾经和我探讨人的命运时那种深刻的虚假还在。那时，我也还是一个大男孩。我确信，谁也别想永留青春。即使是他走了数百里路穿过二十年的光阴，甚至是穿越了时空来看我，我还是要耻笑我们的苍老。

打哈欠的暴发户就在我的身边坐着。乱打拍子的少妇就在我的前排坐着。当薇奥莱塔一次次地跌倒在沙发里，嘴上轻唱"啊！上帝，我死得太年轻"时，剧场内居然有轻微的笑声。我想，要是那个图书馆坐我对面的孩子也在，他肯定不会这样。他会把掌心握成拳头，会用他所有的知识告诉我，"幸福刚来到我身边，别让我现在就死去"。

这个假设是荒唐的，几乎接近梦想，他已经不可能再次来到我的身旁。舞台上，潜藏的葬礼进行曲在伴奏中不停地出现。薇奥莱塔在小提琴的最高音上回光返照，然后死去。我想，要是那个图书馆坐我对面的孩子也在，他肯定会深感悲怆。对了，他悲怆的时候，有种就义的神色，似乎也带去了他的一切伪装，赤裸裸地展现着那种刹那间的真实的青春，模糊但真切。

青春就如同一次残酷并且周密的玩笑，无情的光阴不仅最不怜惜容颜，甚至还有些卑劣。我们只有在浅笑中捕捉过往的风。把年轻带入天界的风，很好地保留了什么呢？

我们共同注视过的那把绿色，草的眼睛上，晨昏的界限和欲滴的倾诉，弥漫了我们当年二十岁的窗口。那时，我们意气风发。这个世界上真的有过所谓青春的脚印的话，那一定是趔趄和彷徨。一定是希望种下的神话与誓言。可那个风尘仆仆的我们呢？

大幕急速地落下，颤动的弦乐点燃了剧场内的灯光，你和你满世界的篝火，和七月以及等待中的天亮，倏地统统地消失了。那个图书馆坐我对面的孩子，终于躲到了幕后。

散场了，一切的一切！

去年七月，那个图书馆坐我对面的孩子离开了人世。他是我们班第一个离开的同学。一个下乡挂职锻炼的书生，饮酒太多，死于胃癌。

班级很多同学都去了南通，但我飘忽不定，并没有人能够通知到我。

有人替我送了花圈，据说还写错了我的名字。

## 利港春雨

此刻，春天的所有元素都齐整了。春雨一阵紧似一阵，还有，这个春天的第一次电闪雷鸣也已经在天街上招摇过了。春海棠欲滴的鲜艳就在窗台上，如同一个深闺女子和着雨声，隔着雨帘张开了眼。

窗玻上的轻雾如同依附的一场怀念，在极深的夜里，孤独地浅浅弥漫。可以仰见的那扇窗户，谁的气息和谁同样缜密的暗香，还可以如同这场春雨从天而降？春天漂移的风，把用忧伤淤灌的紫色花瓣，不动声色地贴在街角，渗入小径旁越年搀扶的灌木下。

在这样的时刻，我总会想起一件有关落花流水的往事。那些冲出雨帘的眼神今天挂上岁月的遗痕了吧？我只会在别人的话语中，想着关于某个地方的另一个季节的风景。霞霭轻扬的早晨，巷口铺张的炊烟，过溪的独木桥上的小憩。还有走散的雁群与清冽的河湾。这些和脑汁相融的景色如同一场不散的电影。

不记得春天，于我们是怎样的绿茵。顾盼的浅草开出的花样，像极了微型的葵花。想象的笑容就在里面，就在初春粉嫩的杨柳叶芽间。

那个古老河岸上的轻柳,和轻舟泛泛的浪花,被谁米酒般地一饮而尽了。

雨似乎更加的大了起来,只是扑朔的心跳平静安然。城市晚餐后的一双棕色的筷子,或许就是一架落满雨的栈桥,我看见的唇边浅笑,在桥的另外一端,定格了某种婀娜的告别。搓搓手掌,微温可以放置在怎样的斜肩上呢?

绿茶在水里的故事,很轻飘很古代了。味觉所到的苦涩中,栀子花有了泛黄的表述。瓜叶菊在阳光下的鲜灼,燃烧了半亩心田,还有半亩在渐暖的水底下沉浮,成了一条鱼儿通红的脊背,游向春夜绮丽的涟漪下。

透明的呼吸,好像蛇闪着光亮,透迤而又执着地把第一场春雷,拖进了老墙夹击的窗框内。那里烛火摇曳。烛火摇曳是我假设的场景,那里其实只有一窗黯然的光芒和一张虚弱的纸张。黯然的光芒衬托了一支背影,虚弱的纸张上描写着一盘没有下完的残局。春雨就是在这样的间隙扑面而至的。有多少类似的窗口,站在忧伤的眺望里?

## 知青林

三四十年前,一批上海知青在宝应湖畔种下了3万棵水杉。给今天留下了一个江苏唯一的国家级湿地公园,更重要的,这里留存了一段传说,一段历史,一段风情。穿行林中,父辈们的喧哗在风中弥漫,消散。那些被蒿草淹没的脚印,随蒲公英飞散的花瓣,又去了何方?

在当年的农场场部,旧房还在,斑驳的墙上,那时代特有的路灯还在,只是已不为那代人照明。空洞的窗户里,所有的张望,都在叹息。

还有一些长眠于此的人们,清风作伴,孤月清辉中,无声无息。

我见到一个邹姓的男子,一位地道的上海人,今天,怎么看,都是属于这片森林的一棵苍老的树。他和当地一女子结了婚,便留在了那片土地上。现在,已经孙女绕膝了。从他家墙上挂着的老照片看,他当年是何等的英俊挺拔!如今,神情多半是黯然的,抽着老烟袋,迈着与年龄不相称的步调。他几乎不提上海,仿佛那是一种疼痛。孙女告诉我,她爷爷偶尔会去森林深处的河边吹口琴,看奶奶时会有憨憨的微笑。

我猜不出那个年代里那些走不出的"淅淅沥沥"中,爱情是如何萌发生长的。在老式橱顶上的那把褪色的油纸伞上,当年的腮红依稀。那么,这片森林葱郁的青苔拌住了谁的脚步?

试问,独坐在哪个林间风口,才会觉得阡陌上行人稀疏?

雨丝如帘。我觉察到一阵微凉的愁怨飘过。说不清要过去多少个这样的夏,夏季才会渐深,才会让馥郁的诗草把息息相关的那些回眸挽留。

且行且留的雨呵!哀曲轻佻,最终又挑拨了怎样的藤藤蔓蔓,让时光缠结在一个难以考证的树林深处。在知青曾经年轻的孤独里,装满了野花一般的爱与哀愁,装满了彻骨的旖旎与善怀!除了这些,知青林终究只是一行行窄窄的心愿,可它窄到了心尖。

在雨中漫行,何以越来越多的不安,沉甸甸地在添加又稀释。过往的彷徨,复得复失的芬芳,也让这绵长蜿蜒的知青林,成为中国现代史上一条无始无终的河流。那种静静地流淌的姿态,仿佛来自岁月的远处,或来自古老的心田。那种流溢,让江东粘稠的柳絮落满青石,落满苍穹下,那些杂乱又紧密的灿烂虚空,落满每一个和这代人相逢、或错肩而过的脆弱生命。如果知青林真的就是一湾水路,谁还在生命之河的转弯处凝望?环环地、缓缓地、涣涣地?

重新走向来路,有雨珠打在脸颊。我突然想转回身回到从前,在盒子一样的房子里,坐在双人课桌前空空的板凳上,漫不经心地阅读与遐想。那坍塌的山墙上,那垂着头的高音喇叭中,那些激情燃烧的往事,早就合上的嘴巴。

现在,我的面前是被雨水洗过的蓝蓝的天,以及无序的风向。我是无法接近那些点燃过的青春了,也无法用翠郁的叶儿做成船只和风帆,带他们回家。那么,在雨天的河岸上那飘渺的口琴声,便是一种幸福吧?

我终究没有听见这雨天的口琴声,就当是一种传说吧。

躺在草香之上,仰视那些成长的年轮,心中唏嘘:要长成一棵如此大的树,要等待多少年?回首往事的时候,许多,都变得虚妄,只有内心的喟叹,依旧在敲击大地。

初阳里,充满了缅怀的意味。那些早飞的鹭鸟,披着露水的针叶,远处林木深处的鸟鸣,唤醒的这个早晨,如此简单,又如此令人伤感。在宝应湖畔的这片知青林中,它的后代,还在持续的泥泞里,用自己的手,给自己的日子打结。

突然,很怀念童少年华。那些飘飘而过的知青兄弟,吹着短笛,带着凄楚的爱情,在哪里叙述?

## 小居灵隐

杭州是我最难入眠的城市之一，而小居灵隐，就更难了。我在昨夜睡去之前，并不知道今天一定会阳光明媚。风尽管很大，可在暖暖的阳台上，放身躺椅之中，光芒铺盖在鹅掌楸墨绿的叶子上，惬意舒适。有光影从缝隙中漏进我的胸口，我感到这样的冬天真好。

在灵隐的白乐桥村，奇异的香味来路不明，我昨天从朋友那里借来的自行车横卧在窗台下，上面幽幽缠绕的那一丝青黄的草藤，似乎就是香味的根源，西湖走出过多少带有馥郁气息的佳人，或诗词？如草一般的繁茂。今天，怎么看，整整一个城市的人，都无法找不到一件匹配西湖的香气与灵隐的禅意的衣裳。这一整个冬天，花开显得那样遥远。

在"冷泉"旁，我喜欢仰望"飞来峰"上繁茂的枝叶与浮云，也喜欢面对董其昌老先生的那副对联。这个冬天，也请问过"泉自几时冷起"？但却始终无法解答"峰从何处飞来"了。

许多年以前，在半生不熟的杭州城，董先生伤感过这样的花开泉冷，更早些的东坡先生也曾在西子湖畔款款而过，年轻和单薄，亦如苏堤。他们给杭州城留下的传说美丽过多少后来的才子和佳人？

记得在一个上世纪六七十年代遗存的军营礼堂的东侧，我和我的大学同学们曾在那里拨弄过吉他，拨弄过自己的风华正茂。如今，春风过弦的滋味已经很淡了，沙哑的青春类似凋谢的花开。

坐在冷泉亭的中，对面的灵隐寺大殿还没有开门，可早起的香火已经在路旁点燃。信男信女安详虔诚的背影，这样艳丽得如同一些新鲜枝叶晃动的背影，只是在一年的某个时段忧伤地绽放吗？这样的一种过往，像极了春天。一双手无比温暖的掀开了这个季节的窗帘，那我们还依然把空气的流动称为风吗？

很多时候，天空总是不很干净。阳光出生的时辰，大地充满狐疑的亮色。天蓝的时候，却有一种莫名的惊恐，仿佛世界就该浑浊。而西湖边，天空却浑浊不起来。

从昨天起，我试图每天用大量的时间来睡觉，把那些透支的睡眠请回我的身体，变成脂肪与蛋白，变成花蕾的雏形。

来西湖仅仅为找一处睡眠之所，是西湖的幸还是不幸？

一切奢念都无法变成无忧的从前了，只是在这样一个冬天，变成了略带忧愁的牵挂的光斑。瞬息而过，不着边际也不留痕迹。不想去记得花朵含苞之前的天空。天空早已无法填空。

许久没有听见灵隐冬天的风铃声了。那声音绵长的风铃，一串串的在天边飞扬，拖着一整个西湖家族各自的履历，以及它们各自的轨迹，在草莽如斯的现在，偶尔姹紫嫣红一下。

谁也记不得那花开的初衷。如同我认真地写下的温暖的文字，却在深浅不一地苦笑着。

我知道你今天要在阳光里行走，那阳光真的就来了，来的如此洋洋洒洒。风在我的窗外，有"吱吱"的动静，我以为雪花来了。那个浅浅

第一辑
东风夜放

笑容的六角形样子的雪花印在洁净的窗玻上，在用旋律与韵律轻拭它们的皮肤。那种似可触摸的雪一般的细致的颜色，便在心上了。喜欢用一些时间飘点类似雪花的片段，喜欢很近很近的天籁弥漫，那刻，我即便是闭着眼睛，也是可以看见你的。

可是，你毕竟不是风，永远飘不进我的窗里。我窗帘上那个大大的"禅"字，并不能代表你的全部。山、寺其实都可以考证，只是如果动用现代科技手段说明了飞来峰或大雄宝殿正梁的年代，这个世界会缺少多少的诗意啊！

但我仍可以诗意地问问：你身居山中有多少年了？我面对着的那个方向是否真是你款款而行的故乡？我握住一枚纸做的风车，吹一口气，等你沉默的应答。你的眼神，温婉地浸透我枯蒿似的头发，有些光泽了，还有点柔顺的飘扬。

如果可以，我想在2008来临之际，替你拉开梦的帘子。也轻抚"东南第一山"照壁上温柔的灰尘。让它们一起漂亮地经过。

等晨钟暮鼓点燃的火苗复苏冻土深处的心愿时，我想我应该走动在午后的暖阳中，在并非雨与泥泞的季节，让花，开得忧伤些。让悠远的祈福号子，一头给你，另一头给我，中间的过程也忧伤些。我已经把我锁进那座庄严的宫殿中了，在朝南的帘幔缝隙中，看你雄壮的勾心斗角的影子镶嵌在我心的周际，温暖可掬。

我稚拙的诗句，行距之间的犹豫与停顿，像极了我的步履。也像极了忧伤。对了，忧伤不代表是苦痛，而是一种表情和无言的叙述。忧伤是我思念时的面目，是思念到了你心窝时的面目。那是我假想的雪花的面目呵！我被你的词句解释得鲜活与亲近的年轮，在悠长的线距上，有些欢快。有些灵隐，或飞来。

阳光在游移，现在它们全部泛滥在东墙上，那幅画也被一层金色渲染得有些失真。我知道，失真是虚幻的境界，是灵隐的境界。是点燃了的向往与皈依。我无法准确找到乾隆三下江南时在灵隐驻跸何处。但可以肯定"仟居山"这个别称多么适合"灵隐"的品格啊！

想到这些，脸上居然有被烤灼的感觉，我试着换了一种姿态，依然闻到衣袖上有阳光的味道在散发，如同一阵风，和煦地闪亮与散发。

以上这些文字不是一种幻觉，我拍拍自己的脸颊，那里有真实的弹性和痛。所以，我懂得了，我经过的这个冬天那些个绵长的夜晚，都是这样平静地流淌的。有时，我也会问：我内心翻覆的波澜何时才能不惊惊诧诧？其实，我总喜欢在孤寂的时候，去看云天凛冽畅响的雁鸣与心跳。总在你万古不变的呼吸里去雕刻一些风景，那景色中有树，有雪融化，还有你的恩泽。

是啊，我在昨夜睡去之前，就知道今天会是阳光明媚。风尽管很大，可在暖暖的阳台上，放身躺椅之中，那种惬意舒适的光芒，那些铺盖在鹅掌楸墨绿的叶子上的暖意。有光影从缝隙中漏进我的胸口，一个朋友电话里说上海最近下了雪，还很大，可惜只是时间持续得不长久，所以，未留痕迹。

今天，当晨光微曦，我，一个醉归的外乡人，引起了村口第一只狗的警觉。于是，整个白乐桥村乃至整个灵隐犬吠连绵。如果那刻有人在北高峰上俯瞰灵隐，那一大片酝酿的春意是否已被过早地打扰？

后来的几天，一直在思考这个问题。或许是晚间下的雪，我那时正蜗居在房间里，写着与雪相关的文字，或在猜想北国的雪是如何的繁盛与飘扬的场景。是啊，为什么那时不探头窗外，去会晤一下那个稍纵即逝的白色精灵呢？

在今天一个有雪的征兆出现的时刻，我走了出去，其实最后只看见了一场轻轻的雨。也不必遗憾，我触摸昨日那个粘稠的消逝的夜，就等于触摸到雪花纷纷的季节了。如果还可以触摸灵隐的温度，我一定会去站在雪花下，把自己融化。

## 惊蛰之夜

在很诡异的夜晚写这些文字。

那时,时针正对着十点。窗外干透的气息并没有因为河流的经过而有所湿润。我指出的那条河流的两端分别有湖,在夜色里微微光亮。我与那湖是背道而驰的吧?夜马路上的灯火指向远方。我说,那里是哪里?问这问题的时候,我在一个可以旋转的地方。

阳光不是很热烈的白天,我也没有出门。拉上窗帘,坐在幽暗的窗台上,听时钟"滴答",听时光患得患失。我看见漫步过的村落,炊烟四起的季节后面,那江河渐远的迷惘下,檐下开起返青的蒿草,也清孤幽怅了。

一怀抱的温暖呢?也在墨镜的背后了吧?船帆易逝的黄昏,等待约定的日子里,你给我的歌谱和旋律在展开。在最初的节奏里那些瞑目以对的斜阳,和皮肤油脂描写的浅浅静脉,都是记得的河流与流淌。此刻,我们看懂与看不懂的昨天或未来,也都在阴晴翻覆的新雨下,美丽与芬芳。

三月就如同清凉的点滴，在长草的心间穿越。在长草的心间蓦然惊蛰。

是吗？今天会是惊蛰。不过看着也有点像。我看见的复苏来自一种心绪，来自一场无人觉察的微雨和梦里一次酣畅的奔跑。我看见一样光芒漫过脚背，漫过阴晴繁复的三月之初。是一片浪潮的尾声，是一段暗哑的歌唱。

等于在这个节气，先有过一场深眠了，类似死亡。今天，内心思绪的昆虫们，会醒在温暖的春光摇曳里？有时候我会明白，明白葱茏的小径两旁，那些碎小的花儿歌唱的神态，嘴角的浅笑无忧无愁。

夹竹桃是个什么样的植物？它也会在一个人最远的遥望中，孤独自立地返青？那些幽暗的河谷，飘逝过多少无名无姓无声无息的怨悔啊？！过了今天，就过了以往和一切了。所以，惊蛰也算是一个节日，一个可以用来反省的日子。

此刻，在我的地下室里。窗户有了鲜亮的色泽。就连那些陈年的灰尘也披上了光芒的外罩。我曾在地板的某一块疖疤上，用脚尖圈过一个圆。那些痕迹还在，可它已记不得圆外的道道岔岔了。

梦和现实，总在这样的季节交错交织，难以区分的前方，或左或右。那些离岸很近的芦苇，安静起来。可你怎么知道，荡秋千的蝴蝶它是去了春天？没有谁看见蝴蝶一样的眼神穿过早晨的屋檐，穿过了一支男人的烟！

那么，今天是谁蛰伏在我的地下室里，制造春雷的声音？

那支音乐再也不会响起，如同旧年的雪，消融流逝在三月来临之前。在惊蛰的雷声之前，岁月平缓，波澜恍惚地镶嵌在地平线上。看见柳叶等待出生的顾盼，类似春天的眼神，变成了三月隐伏的夕阳，在草长莺飞的反面。

第一辑
东风夜放

没有想到，脚下的芝麻没有开门就发了芽，成了绿色的窗帘或者长发。我在惊蛰的前夜，在昏黄的路灯下，想到飞蛾腻虫挣扎的夏天。还看见身披斗篷的蜻蜓，像古代的武士，守候在我的窗外。我的窗外，是一汪弦月的光辉，和"瑟瑟"摆动的竹叶迷乱。

谁知道春天真的是一件轻薄的外套呢？没有避雷针的胸衫夜夜心跳。在一个林梢稠密的梦境下，谁搂住了一只蝴蝶的腰？三月，很简单地平躺在岁月的风尘中。第一横是相逢，第二横是燃烧，第三横就是熄灭吧！有时候，我总觉得，第一缕的温暖过早的经过，其实并不是什么好的事情。

那些未眠的心事，不用在季节的猜测中苏醒。没有人知道倒立在斑马线上的数字，写着哪个经纬的刻度，走动的车速，早已南辕北辙。那个喜欢吹吹蝴蝶眉毛的嘴唇，依旧喜欢在无人的时候说你真好。依然喜欢在无声的地方，在无声的地方鬼哭狼嚎！

三月惊蛰，不是蝴蝶的季节。可我知道，它会飞，而且还很窈窕。

# 寒雀

阿伟给我寄来了过冬的"寒雀",那是我们少年时玩耍的一种玩具。其实,"寒雀"就是一节芦苇,只是,它会发出声响,可以吹奏出简单的曲调。我们很小的时候,在农场,知青们在冬夜,就会围着炭火,在昏黄的油灯下,吹奏一些伤感的曲调。我们虽然听不懂,但觉得好听。因为好听,我们就试图去弄一支来,可我们从来就没吹响过。

有一年春节,在新潞河的岸边。我们几个儿时的伙伴又遇到了一起,阿伟随手掰了一截芦苇,躺在阳光灿烂的河岸上,捣鼓了几下,居然发出了声响。或许是少年时曾经对它过于期盼,那种声音一出来,我们倏然惊呆了。我们好像依附在声音的翅膀上飞回了童年。

这种声音也唤起了我们童年里最疯狂的念头——"放火烧荒"。那个下午,我们把新潞河河岸上的枯草足足烧去了半里地。那些风烟,那些气味,还有那些翻腾的火焰,都与童年有关。奶奶那时还能走路,还健在,她手搭凉棚,站在祖屋的门前,朝我们张望。我感觉到,那样的张望里,充满冬季特有的温暖。

今年,各行各业都在以 30 年为题做文章,我们也一样。1978 年我们高中毕业的那班人约好聚会，邀请函随阿伟的"寒雀"一并了寄到我的案头。看着邀请函上影印的毕业照，我寻找着15岁时的我。那个梳着三七开头发，穿着青年装，风纪扣严密的小胖脸，真的就是我？那么，这样一次聚会的意义，更多的只是在相互寻找岁月在我们脸上刻下的风霜痕迹了。

阿伟还给我打来电话，说农场早已败落，现在被开发成生态旅游的景点了。当年那些闪耀着理想主义光环的大礼堂和篮球场，也归于尘封的记忆。农场，我6到14岁生活的那个地方，离开已经很久，久远的甚至只能闻到野草的香味了。有种回去看看的冲动在激荡着我，我朝着西北方向，朝着夕阳，搜寻着新潞河的微波与轻烟，也搜寻着那些永不复还的欢快。

我现在居住的这个城市，熟悉又陌生。生存的压力让我们的日子失去了明媚，失去了那些骨子里的应有的生活乐趣。好在有些朋友在身边，有些想念的苇花在摇曳。偶然经过的声音还在提示那些叫向往的东西还潜藏于我们的躯壳深处。现在，也很乐意替朋友做些力所能及的事情，这样的一种交往交流，如今，显得很纯粹，也很难得。

芦苇、芦苇花，我喜欢的这样的一些意象，在岁末，总会来到我的神经末梢，迎风飘扬。我经过的这个2008年，那抹最亮的芳径，在心头蜿蜒盘曲。还有一些承诺无法兑现，比如，给阿伟找份合适的工作。还有，带那个四川绵阳的孩子去北京等等。冬天，有时候会突然打乱我们的脚步。可我知道，有个脚步的方向始终没有改变。

岁末是个繁忙的季节。车窗外那些匆匆而过的景象，有些模糊与慌张。不敢过于对来年有太多的期待，平常地打发掉忙乱的时光，留下些纯粹的美好就好。可物象无常，我估计，2009，时间也会像一架疲于奔命的机器，照旧把我们的灵魂碾得粉碎。那么，什么是不该放松的？我们必须知道。

# 一样风吹

有一些地方，没有海，可我还是喜欢把它想象得波澜壮阔。在葳蕤丛生的沈园，我把湖心那一小块水域偶尔的涟漪都理解成了巨浪。在廊道起伏的姿态里，我也以为行走在波浪上。我也可以把水草了了的那个角落幻化为一处海湾，把爬满青藤的北墙，当做涨潮的沙滩。

墙外民居上晾晒的衣裳我当做了渔帆，喜欢听它们"泼泼啦啦"地表白曾经的年轻与风华。

在绍兴，夏天的时候光着脊梁的乡亲裹起了厚厚的冬衣，用一些自制的烟草在熏蒸关于毡帽覆盖的传说。我也相信他们，在他们的方言中，前天我喝了一个下午的酒，昨天在泡沫拥抱的鉴湖畔晒半晌的阳光。此刻，我喜欢在夜里，在沈园的门槛上，看月色们闪光。

"在这个你钟情的小城，是否开心？"谁在暗处对我说？我忽然要流泪了，草木一秋的感慨从心底的某处泛滥起来。我知道自己已醉，我以为我是归乡的陆游，我以为我听见了唐婉的声音。这个不到午夜的城市，街上几乎没有了行人，乌篷船也摇入梦里，渔歌早歇。我不禁要问：从宋朝走到今天，你们穿透过几片月色？

什么样的船可以承载你们汪洋中的负累，月色太轻太轻了，在你们的身躯旁，它轻如鸿毛。后来，我才听见你说，除了"东风恶"，其他的风都可以送你们归乡。

下午在沈园，我认为一汪夕阳也能够是你们的船。我甚至觉得，那一尾孤单的墙头草都可以为你们摆渡。而此刻，你们只是我暖暖的想象中，一对蜷曲的孩子。捂着冻疮的脸，透过指缝，看解冻的痕迹。这些痕迹，就是你们的历史，它沿着草地化开的水，在薄冰边缘。天下何等的凛冽！

在沈园，一不小心也会和自己的影子相逢，也会轻叹那些莫名的伤感。会细数我们经过的冬天里，那些孤独的风吹。有时我也会问自己，泛黄的青叶上或许是阳光的痕迹吧？我真爱那些一闪而过楚楚动人的光芒。我也知道，尤其是在空寂的冬天里，有相互观照的眼眸真好。眼眸是冬天的一枝干柴吧！

今天的绍兴人，是否还在津津乐道有关陆放翁与唐婉的故事。那些密布的河网编织的传说断断续续之中，又有几个人入心而听？当今这个朝代有了很多难以理喻的东西，一夜之间冒出的许多假古典让千年文明啼笑皆非。沈园里的新造桥或许已是陆游们心中新的伤痛。

有时候真为古代这样一些凄美的故事捏一把汗。朝夕之间，我们总在拉大与经典的距离，我有时抑郁地愣神，无法辨别尚未定格的远方。哪里是最远的远方呢？

在沈园，故事的梗概就如同一抹落霞。有生命的故事总是会对着半杯清茶数自己的年轮和岁月。我只是不知道，那些沉淀的绿色叶和叶汁里，我们与历史何时共饮。更多的时候，想记忆里宋代的那半杯黄藤酒会弥漫。酒味还在，可红酥手早已不开花了。那么，不开花的冬天，究竟谁在绽放呢？

一阵北风吹过，心情变得紧张起来。说不出为什么，只觉得有些魂不守舍，莫非这风中暗藏玄机？很多时候，由古及今总会有这样俨然的感觉，我们愧对的不只是几段诗词。我们愧对的还有那些生生不息的被历史抚摸过的枝枝丫丫上悬挂的忧伤的遥望。

我今天留意沈园中那株腊梅的味道了。或许是因为没有漫天大雪搓揉，那腊梅真的不算清香。可这又有什么呢？我从几句清香的古代的消息里看见了花开的真谛。我在诗与词交织的方格里，用手心轻抚陆游与唐婉这两个名字无数次。一手血色。

一个终生没有离开过绍兴的女子，用内心最饱满的情愫让这个小城有了多少的落花与流水？唐婉是绍兴城最抑郁的景色，当一种景色可以将自己抑郁至死，我们瞻仰的就不仅仅只是一片风景，而是一种绝唱。

这么一场真正的绝唱，让陆游的生命出奇的长且坎坷。于是，我突然觉得上天是有惠泽的灵魂与可靠的心灵的。无论是在历史的烟尘中还是现实的凡俗里，都可以用来歌唱的东西并不多，上天却给绍兴城安插的这个瑰丽的篇章。

当爱情变得不再从容，变得不再牵肠挂肚，变得没有了纷纷扬扬的心绪和期期盼盼的耳语时，我们还有什么可以拿出来给这个诗歌的国度取暖？陆游的"错、错、错"不该是给现世的评语！环顾四周，唐婉式的"咽泪装欢"都显得那么难得。今天，我们已经没有了原本意义上的悲与欢。这世界开始了不幸的旅程，开始了彻头彻尾的溃败，在爱情面前。

从绍兴沈园出门时带着的那一方沉默，至今还在。我都不知道如何向这个古园表述，洗净的心灵在污秽的世界里奔跑，是一件多么难、多么有意义的一桩事情。那三个沉沉的"错"字，我手捧着，献给谁？

我不知道明天，是否有今天一样的风吹。我在今天的尾声里，多想听听你们的声音。那个结一样的声音，不知能否解开各自的心结，并且流传。在这个最不好定义的年代，内心的声音或许是最真实可靠的。我希望我路遇的风向不再叙述市井杂语。希望我凝望过的渔船开始懂得了沉没的含义。尽管或许永远不懂自己和别人，但还是真心希望，那两个手挽手的古人，用粘稠的中文和糯软的方言给我们生活的这个世界开启了一扇明媚的窗！

再也不知道该说些什么。在很深的醉里，记得在天地之间，我背着诗词一样的云朵在奔跑，用挣扎的一生拥抱那一行行生命，句子长长短短。

陆游与唐婉，一样风吹，不只是你们的花儿迟开。

第二辑
西村夕阳

——如果炊烟可以新起,我愿在旧街上欣慰地徒步、漫行与漂泊。

## 湘西向西是凤凰

离凤凰古城还有45公里的时候，我们选择了住下。目的是为了在第二个早晨，在一个阳光很金色，吊脚楼很金色，苗家也很金色的时候，去吮吸沱江的雾霭和甘洌。晚风特别的好，新月如钩，莽山沉寂的远方，是最西的湘西。

我们落脚的这个小村好像就叫"地图"（音译）。苗家、土家混居，汉人是真正的"少数民族"。这里家家门前晒满了玉米棒，那种纯粹的黄色，铺展着一个季节汗水流淌的经历，房东们夜间小心翼翼地在其上覆盖一层防雨露的薄膜，也就等于是在他们的鼾声前，做了件最放心的事。

村童成群地从山坳的潦水中走回，怀里抱着衣履。漆黑的身体上，看不见一丝白色，黑得干脆明快。偶尔也有烟叶的星火和呛味在他们稚嫩的唇边燃烧。我们坐在路旁，他们行走在路的中央，眼神中透露了他们自己的价值。他们做着"赶尸"的游戏，鬼哭狼嚎地消失在乡陌间。家家户户都没有开灯的习惯，只有电视机在无声地散发冰冷的荧光。

我们住的旅馆叫"村头小店"。我们都喜欢"小店"这个称呼，有点野，有点荒凉，有点古代。我们如同生活在过去，大碗喝着土家米酒，咀嚼着烟熏火燎的腊肉。尽管之前我们的眼神中写满警惕的光亮，但在甜丝丝的酒液的浸泡下它们一点点地在退却。

一群河南来的大学生自助小分队就在我们邻桌，我们默认了他们中男孩子间或的"挑衅"以及女生无法到位的起哄。因为我们觉得，他们长到我们这个年龄还要20年！这20年的光阴就横亘在我们的饭桌之间。一边是激情活力的我们的从前，一边是暮气沉沉的他们的将来。只是我们年轻时没有如此的远足和野火下的恋爱。

我们是在这帮学生无休止的"哟—喂"声中进入深夜，进入湘西小寨的诡异灵魂的。那一夜的梦是醒着做的，梦里尽是感叹和唏嘘。天亮前，我们又被土家阿妹"哭嫁"的声音惊醒。当然，我们完全知道，那不过是那群学生在恣意地践踏民俗。就这样，我们比预计的早了近一个小时上了路。

天是渐渐亮的。在我们感觉天真的亮了的时候，我们也听见了沱江声息。放眼望去，沱江的来源很突然，委婉地夹带着山色从垭口平缓流经我们的脚下。起雾的弯道深处，我们听见了苗家吊脚楼舒展筋骨的声音。我们看见虹桥便也知道，凤凰城到了。

这仿佛是另一个世界！从长沙出来，过常德，经慈利、歇桑植、大庸，就没有见过这样的水色。沈从文先生说：凤凰是离开越久越让人怀念的地方。难怪老先生客居青岛时，看见青岛的碧海，便突然想起凤凰古城了。这是一种折磨人的想念。想念的结果，是一月之间造就了《边城》和他自己。后来，在"沈从文故居"，我们终于嗅觉，那个叫"翠翠"的女子其实就是沱江的水。

后来，我知道了我们来凤凰寻找的东西，其实就是我们未曾经过的历史。被沱江封存完好的湘西，月就是如此，新生的老去的都只是片段。没有一个地方能够如同湘西那样，把所有的称呼只简洁为"阿哥"和"阿妹"。语言的丰富带来的虚伪在凤凰古城是不存在的。我们喜欢这里，是因为它透明得接近天堂。

吊脚楼的结构也很性感。豪放不羁的脚撑如此雄性，那吊脚之上的小楼就显得妩媚了。男人支撑女人并相互歌唱，就是理想生活。向水域要空间，向贫瘠要生存，这就是我眼里的边城。这就是我眼里苗家的霸道与多情。

凤凰古城似乎把一切都形成仪式，庄严而清淡。平静的沱江故事，月汐般地轮回。我们仅仅是这样轮回里的一粒尘埃和杂色，可它让我们的呼吸成为真正的功能！

在凤凰的听涛山麓，一块云鬓似的华彩石下，埋葬着凤凰最大的风景。"一个士兵，要不战死沙场，便是回到故乡。"是黄永玉的声音。他写给了沈从文。

后来，我生病了。我眼里看去的沱江也就生病了。它病得比我严重，病得所有的现实与幻想都变成了山歌，病得山岩有了吐血的颜色，病得"虹桥"自明朝起就成了风景。洪武年间的传说，在南华山也生病的季节，成了让我们弯腰的毒菌。连绵的战乱，失守的城池与门楼，只能用"凤凰"来安抚了。凤凰是苗人的图腾，但"老鼠娶亲"的苗寨典故却也告诉了我们这里的豁达、大度与多智。

我们徜徉在除了石木没有它样的街头，在东门街，蜡染的清香在弥漫。在大师们逃学的旧路上，我们却无法回避湘西的浩荡风尚。

似乎也渴望一场雨的降临，让路面和心灵一起晶晶亮亮。

# 西行记

夏天了,这个城市找不到一个可以裸露的阳台。低飞的雨季中,我只剩有一枝沉重的烟蒂在手。我看着烟发呆。看它袅娜升腾,像一个虚弱的影子。空白处是谁的一项白颈?比头发还要黑的光线,照亮的一个午夜,和比头发还要长的夜的刃口,为何没有剪去一段关于他乡的闲聊?

我们的言外,故事并没有梗概,只是一节一节的风景,在填充我挣扎的醉眼。意外,真的意外。我从没有想到一个如此清澈的水色,在夜行。过了一天,又过了一天,那影像就不真实了。也许是一个深夜的梦,也许只是时光无声地收拢青丝的姿势,就把那整个6月收藏了。那么,6月以后呢?

允许我再飞一次?

记得绵阳的飞机是晚9:50起飞的。舷窗外已没有了灯火,黑黑的一片。窗玻上能看见自己,一个满脸倦容的我。我闭起眼睛,想,我这次行走,应该我出去多少天,走多长的路?

记得更早，从云南出来，去成都，在都江堰，那台可怜的相机落水而逝。在丽江拍的许多照片也随之付之东流。也许人一生总要丢失一些东西，丢失一些最爱吧？即使那些可爱的影子刚刚还在你的眼前。

和一个朋友说起这伤心的事，他说，这没有什么，好在没有丢了自己。其实，我知道，我丢了自己。我路上甚至就想随便找个地方终老一生得了，在贵州的一个山里，在一个很古老的客栈，这个念头异常蓬勃。

在成都，又买了一个傻瓜机，是旧货。卖旧货是为了盘算着用所剩无几的盘缠去一次九寨沟。离开成都前，给成都一个从未见面的诗人发了一条信息，我只是一个瞬间喜欢上了他的文字中的成都的。后来很后悔这样做，因为，他并没有觉得我的想法值得记住。

再后来，就人在黄龙了。在黄龙，看见类似白水台一样的地貌。那些风化钙化后的地质太美了。人风化钙化后为什么是另外的情景呢？看着这样的景色就想哭出声来。我好像去了海拔4000以上的地方，有些气喘和心虚。感觉类似初恋。

一只蛾虫飞来，在我的肩上，人一样地揣摩我的心思。它是怎么到达这里的呵！是啊，迟来的茶香不会发自冷却的水，变色的杯口却有潮汐的痕迹了。我这才发觉我前世的颠沛也在问我自己：你是如何到达的！

吃得非常不好，还那么贵。没有带长衫厚衣，有些瑟瑟。我终于发现，我真的不适合远行。如果再给我一个30天，我或许是要怀着病疾踏上回程了。

这有什么呢？可惜我不想再在旅途了。这个决定，让我觉得我不是一个有意志的人，想家了，我深感自己内心还有些廉价的传统。

允许我再飞回来吧！

此刻，我就在家中。鸟鸣熟睡的窗外，飘行的街灯，铺陈懒散的手掌，高举旗语。共同怀念这世界的边缘和这一次如同儿时的模糊的奔跑。今夜，就一点点咸腥，我们满脑子便都是贝壳与潮音！今夜，就一点碧绿，我就满世界去寻找我去过的那条著名的沟！

还有什么故事能够记录风景一般的午夜？我罗列不出如下一些因素：唯一的动机、哭泣、软弱、凄美的方言……

不想在这样糟糕的语境里去描述那天使般的海子。那些宝石般的水，安静极了。

## 《0公里处》

一块里程碑，上面刻着一个浅浅的用红漆描写的阿拉伯数字"0"。从这块里程碑向西沿一条土马路行至8公里处，就是"新生农场"了。"新生农场"其实是该省最大的少年犯管教所。

高中毕业30年同学聚会，我再次踏上这条只有8公里的道路。只是许久不回去，土马路变成了高规格的沥青路面。这个盛夏，阳光劈头盖脸地倾泻下来，留在记忆中的旧时的样貌似乎瞬间蒸发掉了。

小时候，最爱去的地方，就是这个"0"公里处。那时，来来往往来农场来探监的人，都是从这里走向农场的。他们越走脚步越重。我看见他们来时哭，去时也哭。也都是在这个"0"公里处。他们的离去也相当沉重。

因为母亲是这个农场的总账会计。我得以能够与少年犯为邻。少年犯的管教相对松些。他们放风的地方我们也可以进去打打篮球。少年犯里也是人才济济，他们居然能完整地演出一部《洪湖赤卫队》！

那个年月，我们的文化生活极其贫乏，看他们演戏成了我们生活的重要内容。记得有一次有一出戏的台词是"我们党要救苦救难"什么的,台下坐着的农场政委一拍桌子,声音比演戏的演员还要响。"住口!你们是什么党!"于是,再以后的演出,那些可怜的少年犯就不再说"我们党"了。凡是"我们党"的地方全部改成了"共产党"。

我还记得小萍第一次演江姐时的样子,她一见到演对手戏的就低头哈腰,不管对方是正派还是反派。导演也是犯人,他就会狠狠地批评她。导演说:"你不要老觉得你的对手有多么可怕,你们一样,都是犯人。"那时,现实与角色真难分清,导演自己可能也不清楚他在说些什么。因为一句"你不要老觉得你的对手有多么可怕",导演倒下去了。他被加刑2年。

小萍后来总算入戏了,在戏里,她忘记了自己的真实身份。以至于她在戏外也像个共产党员,结果可想而知。那些在戏里一起绣红旗的姐妹,在牢监里常常大打出手。

有时候,鼻青眼肿上不了台的,群众演员还好交差,遇到像小萍这样的主角,事情就复杂了。政委会讲:"在国民党的监牢,江姐都没有鼻青眼肿过,现在好了,江姐在我们共产党的监牢反而受罪了!"

可怜的政委,你都说些什么啊!

政委解甲归田后,成了一名教师。后来还当过反革命现行,因为他在雪地上写的"毛主席万岁"几个字,被一头牛拉上了一坨巨大的屎。

在政委还没有犯事前,我对小萍充满好奇,那年我14岁。我在她的教导下,当起了"地下党",其实就是为她做事。那些年,经常有人在"0"公里处的石碑旁为小萍埋些东西,每次都由我给挖出交给她。有时是些吃的,有时是书,还有一些那个年代的女人用品。每次,不管是什么,我都有被震撼的感觉,我那么早就看见了一个女人的秘密。

如今,小萍成为了一个满世界飘游的诗人。在她最近写的自传体小说《0公里处》里，她还写过我。

"我在 27 年前的那场暴雨中战战兢兢。我在暴雨来临的时候，就喜欢跑到户外。我的户外其实是个天井，是放风的地方。我必须这样，我需要知道自己还是个女人。我需要感受我被雨水浇透的囚衣里，渐趋丰满的胸脯以及我坚实的臀部和浑身健康的肉色。我还记得一个小男孩的气味离我那么的近过，我当年故意从领口泄露给他的乳沟，忧郁而苍白。"

我就是那个小男孩！可我 25 年前什么也没有看见过！

我只记得有一样东西带着她的体味，让我心慌。那天，我告诉她，我要去外省读书，以后没有机会再帮她取东西了。她好像哭了。（可能是我后来想象的）她递给我一件衬衫，她说她用不上，给我留个纪念。我是用塑料袋小心装好衬衫，把它埋在了"0 公里处"的。同时埋葬的还有我年少的慌张、惊恐、羞涩和不明不白。

那块刻着"0"的石碑，就如同小萍被埋没的一段时光，只要还能露出个头，那就有希望，就永远是开始。

我收到小萍的《0 公里处》的清样时，还收到她扉页上的一句话：凡事成熟前都是有苦味的。

但这本书一直未能出版。2006 年，吴萍在成都死于车祸。

# 独克宗

2007年7月的某个黄昏,在香格里拉的山脚下,我的嘴里不停地念叨着"独克宗独克宗独克宗"。我是怕忘记了怎么去发这样的音。

在藏语中的"独克宗"就是"月光城"的意思。记得在玉龙雪山的雪线之上,我就开始向着北方眺望,那时阴霾,太阳在深深的云中。我知道,月光城在一个地方已经很久了。久得近乎腐朽。那个茶马古道上昔日的重镇,那些不同肤色、不同眼神和装束的马帮们,"叮叮当当"的往事还高悬在滇、藏、川三省交界处的屋檐下吗?

一路上,看见的猎猎作响的经幡和刻着心愿的玛尼堆,看见躲藏在海拔3400以上那些窗里的心愿心思,我便放慢了脚步。柔软如云的月光城,曾经的牧歌,从未走去的酥油和青稞的味道,在夹道迎接我这个前世的马帮。

七月了,还盛开着油菜花。高原上七月尤其感伤,有些话语错过的季节,可以还原的盛开的情节,在地理的误差中,只是怒放在天边了。永远不明白,山的那边,偏锋乱走的岁月下,泥泞的草场边缘有无驿站有无张望，有无等待了呢？

在残壁断垣的废墟上，我和很多人一样，试图寻找前人取暖的炭灰。其实，除了炭灰，被埋葬的还有那壶过了80度就沸腾的水。在时光的剪接中它浇灭了多少的珍惜和哀叹？南来北往的马蹄踏去的血迹与汗水，用一截截坍塌的土坯墙做了茶马古道的纪念碑。那倾覆的云彩，是最辉煌的朝代遗留下的落寞的袖口与衣袂。或许也是一帧无人做伴的寂寞的旅魂。

在香格里拉，常常会遇见那些不远万里来到中国的人们。我总觉得他们是《消失的地平线》里那个发现"香格里拉"的飞行员的后裔。那个杜撰出人间仙境的英国作家，还有那个把"香格里拉"叫响的美国总统罗斯福，让多少人依旧在跋涉与考证。可我还是喜欢"独克宗"，还是喜欢月光之城。

可以用手捧起的那一缕城里的月光，就在每个人的心间和徒步的前方。

松赞林寺是云南最大的藏传佛教寺庙，有小布达拉宫之称。"林"就是"寺"，就如同"措"就是"湖"一样。当地人告知，"同一首歌"不日要来搭台唱戏了，所以，那里正在土木重修。新花在草地上幽幽地晃动七月的语言。花开不够繁簇，零零星星，如私语，似远方。

去月光城的路上，在松赞林寺的后门，我遇见了一位阿妈。阿妈教我说：月—光—城？独—克—宗。这是我学会的唯一的藏语。

月光城里只有两条主街道，现在，游客已经比居民多了。我到的时候，月光城开始下雨，光亮的石板路面上，失踪的马蹄，或远或近的风啸，贴地而飞的炊烟，飘渺的青山，还有一些无端回眸的伞，花瓣似的掠过。已近黄昏的天色，类似古代，谁也听不见静谧背后的喧哗。或者谁都听见了！

在城中的一处遗迹上，我推了推一扇紧闭的门。可是，那些曾经鲜亮的日子也沉默了。只有蒿草爬上门楣后的苍芜。许多年轻的情怀被夯实在红土堆垒的岁月中。那些曾经的过往与依门而立的衣裙，那些被酥油茶浸泡的秘而不宣的门槛间，（包括那天多出的一道43码的我的脚印），都被定格在了风雨之下。只是推不开了，许多类似的门。

在世上最大的转经桶上，我可以俯瞰"月光城"的所有巷陌和历史风烟。对于一个过客，一个低海拔里走来的我，却不觉得已经高到极致。还有许多的余地可以安插眼神，可以排放虔诚与十指的关节。可以在某个夜晚，用轻微的鼾声作别这次到过，作别一次心灵的流窜。在以后许多时候，可能会想不起"香格里拉"的故事，但只是会认真地记得，那个叫"月光城"的地方。那个叫"独克宗"的茶马古道上的驿站。

## 西江千户苗寨

依山而建的苗寨，一千户的肩膀之间错落的朝代，在盛夏寂寥的高阳下，低低地盘旋在视野最浅的转角。那个转角处，便是站着的苗乡可爱的身姿。那么，它是走去的风烟，还是走近的梦？或者，只是一种暗示，说着我们这样的访客偶尔的凝望。

出贵阳，经凯里，还未到西江，我便猜想，它内心的垭口是否有雨经过，是否也把晶晶亮亮的向往，浸泡在河东或河西的踏埠上。干瘦的吊脚楼上，褪色的誓言是否还依旧在明晰与闪亮一些脚印与另一些脚印之间的距离，是否还在接受逝水的洗礼呢？还有那些明晃晃的投影以及躲在暗处的眼神，是否一如我们看不见的水面下的流沙——曾经攥在神灵的手心用来计算时光的沙——是否在那天就会起飞了呢？！

从没有遭遇过这样的风景。摇摇晃晃的苗岭，在谁无意的一瞥中，垂落了新泪。还有那血脉一般的河流，温柔地吐纳着这个山里特有的笑声。在最远处，笑声最初萌芽的阁楼上，流云过窗般地流逝，流逝成了一方明媚，和忧愁眼帘下一个成熟而又商业化的如今。

西江的如今，亲切又陌生。这亲切又陌生的如今，如淤泥倾尽的船，只把开花的古代里，那唯一的种子捧在岁月最厚实的掌心，让无奈的叹息化为一缕缕炊烟。有时，年轮的鞋跟也会深陷在时光的夹缝中，时间在我们迈不出的瞬间停滞中，有了轻轻的回流。村童弯腰拾穗的光景中，日头便也开始西斜。西江苗寨的目光和目光看出去的成长被拉长，成了悠悠的线索和异乡的黄昏。

青石铺就的街道上，还能找到谁儿时的足印呢？可西江的岁月是从这里起步，出落成另一个美丽的。与美丽接踵而行的，除了风，还是风，清新自然。细柳轻扬的河岸依旧在鼓荡，在敞亮某些失踪的情节。于是，我便看见那足印了，它早已成年。

记得清晨，街道上没有什么人走动。早起的观光客坐在田陇上，等待想象中的风景。猫啊狗啊的偶而会从我们的身旁疾驶而过，满面的幸福。卖糍粑的铺子还是很从前的样式。街道上依旧是板门板窗，让我想起故乡，想起家。

那些从容地在河面上轻轻飘过的水草浮萍，如同挣扎的盛宴尾声，如同风铃的尾声，暗哑多愁。面对西江，我粘稠的遐想与落墨不定的话语，如同风，如同穿梭指间的光芒，明白但脆弱。可舒缓跌宕的脚步，却在新炊渐起的旧街上，欣慰地徒步、漫行与漂泊。西江，谁说那不是我们最初和永远的柔软。

那么，谁可以在这个天黑和另一个天明之间，把苗岭的身影揽入怀抱？曲径清瘦的身姿里，可以看见窄巷失明，可以看见我们消失在这个季节的深处。可以看见并记得炎热的季节里，那些个黔东南深山里摇曳的绿色，那些类似故乡的颜色。那刻，和此刻，我都觉得它的树梢永远挂着风，与消息。西江的挽留与好客的目光，在某些瞬间，似乎带我回到了年少时光。

对着光阴流逝的河面，对着护守时光的风雨桥，我终于失神。对它们为你紧锁住的桥外，以及桥外的一波浩渺水色开始恍惚。恍惚里，西江永远在向我飘扬靠近，可又永远不可触摸。只是用一路的陶醉，在编织远远近近的传说与猜测。

那么，在另一个美丽的长焦里，我希望自己，只不过是美丽西江的一次陪衬，一种虚像。

## 船过神女峰

雨水来得太过频繁,总觉得没有一处不是湿漉漉的。或许是无法消受这番粘稠,在顺水而下的船舱中,不断失眠着。很多时候,我无法界定白天与黑夜。好像很是习惯把自己关在不大的空间里,隔着厚厚的舷窗玻璃,看远山无声地晃动。

那些粉绿的如同褪色花瓣的丛林的姿态,让我想起七月里我的故园。我说不清楚,离开那些会飞的白蝴蝶和失宠的野猫有多久了。我眼里的七月构建的全是荒芜与美丽。一些很远的影像,似乎架空了我儿时的张望。那个光屁股的孩子如今会唱一些沙哑的歌声了。

古往今来,多少诗人在此处"望霞""观音"。而我却是手捧舒婷的诗歌来到今年这个七月的巫山云雨中。

从船舷上飘洒而过的水,当然是从天上流泻而来的。岸上的土地终将会被流水带进秋天,带进冬天,带进我们眼神的空白处。除了流水,除了偶尔的鸟鸣,除了心跳,整个午间,没有其他的声音,没有异样的声音。这一船的人呢?记得餐桌上,从水中上了岸的那条鱼,穿着太咸的衣裳，鱼鳞如同远古的盔甲，毫无生机，也缺乏起码的表情。当然，就算是美味，它的前生，都是要经历一场死亡的。

船体颠簸，并没有想象中的惶恐。出门对我来说是一件无比快乐的事情。

现在，这个清晨我已在长江之上了！我在真的看见长江之前，就先在自家帘子的夹缝之间，假装看见过了。我还假设带着七月最后的桑果，用淤血一样的甜，用夏日最初的风，编织了一枚最贴近某个人脸的絮语。

七月透窗而入的光亮好似绷紧的织物，有轻飘的烟尘过滤魅幻一样的神圣。我不知道，那个女子是否也在不远处的江岸上静坐着。那里山岚氤氲，时光凝固在那片青翠中。

和这个女子相约无数次了，最初只是被舒婷的一句诗歌所感动。并没有一次真正的面对。我不愿以破败与散漫的眼神去面对。就这样，我的等待的气息也若烟尘，有些失真。我经常对着自家斑斑点点的东墙，无力地眨着眼睛，尽管心却在扶摇而上。我总是让室内的灯火微弱再微弱一些。弱成被糟蹋的三峡里一朵浪花。我以为再也见不到那个女子脖项下那道闪亮的紫色花了。紫色是一片祥云的前世。

也曾经在幻觉中觉得有美目顾盼，在雨后的夕阳里。听那条有名有姓的河流荡漾一个背影，关于七月的呢喃和远古的传说。

我一直猜想那个女子在成为一座山峰前是怎样的姿态。是否也曾在一个临水而筑的老街坊上看风景。依稀看见歪歪斜斜的门楼内满身泥土与鲜花的样子。腊月里那些旧了不再红的对联也会扑面而来，压得我喘不了气。这还是我要去的神女峰吗？

人过而立，就不太相信历史了。宁愿相信假设。相信有那么一条老街的拐角上，在成为神女前，她有过拥抱与亲吻。江流缓缓，满目都是神女峰成为神女前的样子。感觉那女子如同一截绯红的线纱，在古代的空气中丝丝游移。感觉她的明天也会在倾斜的油亮的山峰上打滑，像极了屋檐下的燕子离巢和露滴飞逝的神态。

神女峰，你究竟是谁的故乡？我是否可以用外乡的手指为你梳妆，为你献上整整一个夏季的流云和花开。献上秋海棠，献上冬季的一只亲爱的绵羊？可现在还是七月，七月犹如鲜红火热的色块，那些丝网缠绕的猜想的细节，真的还很远。峰峦间的声音，充满女性的韵律，像极了倒影，像水鸟在倒影下翩翩起舞的波动。我甚至在船窗外云朵里的光亮中，看见了她手背上偶尔的泛黄，被鲜红与烂黑腐蚀成一片竹林或者一颗野枣的颜色。

神女峰是神女的纪念碑，是一瓣空中滑落的花朵给江岸的吻！被异乡接住的这样亲切的吻，都可以称为故乡。

江雨突如其来，这一场遮人耳目的酣畅的雨，迷离了我们怎样的面对？餐桌上，那些会飞的鲜虾，带着七月的通红，有没有触及到那女子曾经同样的腮红？

当然，船行江心，神女峰，我也只能给以遥望与瞩目，离真正的相会还有一生的距离。这距离让若干朝代灰心过。那些来来回回的山路与水路，永远都是模糊的。潜藏在山野与碎花低俯下的美丽，本该可以清楚记得的，可七月傍晚隔岸的航程，只驶向深夜，驶向窗外山的关节上那些轻寒的水珠。

江风鼓荡的颠簸里，耳边再次想起这样的声音："……沿着江岸／金光菊和女贞子的洪流／正煽动新的背叛／与其在悬崖上展览千年／不如在爱人肩头痛哭一晚。"舒婷的诗句真是令人心痛！

但无论如何，我毕竟在刚刚升起的远远而来的风与雷鸣中，向你致敬过了。我最后一次的枯槁笑容，以及沉静与悠扬的姿态，能否换来你动人的一笑。这个瞬间的笑，哪怕就像是无名无姓的树阴里，一朵开败的花。

其实，世上的一切，都像这个故事，总有一种力量让其猛然低头。美丽，仅仅是一次不算完美的假设。一转身，一眨眼，什么都会消失。

等以后，"高峡"万一出了"平湖"，神女峰还能看得见吗？或者是否也已成了一处败笔呢？

## 盲街

　　为创作油画《盲街》，我先后三次在不同的季节去过婺源。这一次到婺源，是秋冬季节。与以往不同的是，这次我几乎所有的感觉都能慌张起来！心情如同过于绷紧的琴弦，存在，可却无法准确了。我把"判断"两字分别写在自己的两只手心。我琢磨该把哪一个字给世界，哪一个字留给我自己。

　　客栈房东的柳篮里装满了仙客来，还点缀了艾叶和风干的梧桐球，绿叶里插着一支粉色的蜡烛也很醒目。我在想：飞燕草适合夜吗？我茫然，我知道我不喜欢"仙客来"，这个花名太俗气，尽管在冬天它已经属于很艳丽的点缀了。

　　喜欢门外的那些狗，在黄昏的石板上打滚。有时候，喜欢它们的跟随，喜欢在一个窄窄的巷口，和那一墙头的蒿草相望。那刻，我宁愿我是一丛芦苇，让我回到我出生的风景里。

　　看见村头的那棵银杏，我怀念我的家乡，那伸开双臂都无法围拢的那棵。其实银杏并不粗壮，只是我那时还小。我小的时候，没有艳丽的景色和如此的记忆。那时父亲的手还有温度，母亲的手还很年轻……

我第一次邂逅这样的秋冬时节的婺源。我承认，我是在努力寻找它的。我还记得在今年难得的雨季中我拨通那个遥远客栈的号码时，我的心跳非常激烈。房东小伙子的声音在他乡的天空下，用一派"徽色"穿透了我，那个婺源的小街在我脑海里重回与再现！

在去李坑的轻雾弥漫的道路上，心思在打滑。溯风鼓荡的绵长的记忆长廊中，被迫害的往事有了弦乐一样的纤细与深刻的回声。我想起春天菜花开遍乡村的角角落落，挂着风铃的女儿墙下，让我记起我也是黛色的家乡，以及那一溪暗流般回旋的牧童短笛。真是，在异乡，记忆真是一件可怕的玩意。

在婺源，嘴唇起泡后开始收拢，有秋天一样的疤痕，龟裂夺目。那种不愿溃烂的顽强生长着的疤痕上，有类似红枫的颜色，有些经历降温后的颓靡。总之，有些脏了。内心被植入的秋天密码写在银杏叶子的反面，在阴雨反复的光阴中独自眨眼。

此刻，起风的征兆休止了。山顶之上的雾倾泻而来，那榉木繁缛的季节，远远近近牵扯出的一闪一闪明亮在身前的背影，干净可饮。却如一道虚笔和近视，模糊了静舟与渔歌。我可爱的秋天，无语的天籁，却也肌理逼仄，暗如复色。

在月亮湾，半岛似一个逗号，啼饥号寒的后半句被画框截止，无迹可寻。孤魂游荡的晚钟，僧寮一样的肺腑，以及素素寸肠，已经被褐色拦截成片段。这就是秋天吧！高貌的俯瞰，正像与倒影透视的层层秘密，不想点破的指温，其实一直都在燃烧，其实一直都想成为灰烬。

那么，谁还站在橡果树下唱那首老歌？三分五十秒的《云雀》飞走了太多的少年往事。悍马疆场后几人还在复制忧伤？秋天如同冻僵的怨声，结结巴巴地吐出粘稠的炊烟和炊烟上曾经的小小新娘。那时，我愿意在山坡上晒晒太阳，晒晒心头的一处霉。

我那两瓣无语的唇亦如盲街，再不开启了。在油彩的味道里，我看见我的《盲街》有了雏形，有了翅膀，有了飞翔的欲望。橄榄油调和的画板上，无序杂乱的庞大色系如果涂在脸上，我将不会看见我秋天般龟裂的疤痕。我开始喜欢那些清火的液体，类似一种抚养。有些人，中间隔着一些人生的行李，他们走在盲街的昏暗里。

斑马皮肤一样的山坳，暗藏着秋天的玄机，在等待一次日光的描摹与扫荡。那些流不尽的汩汩之眼，最后会有点血色，也会有青苔般的沉寂。给秋天放次风吧，让它自由地盛开，盛开一回灿烂的末路。谁说不好呢？

其实，我们都在末路上。

## 一为迁客去长沙

湖南这方土地,盛产革命之辈。他们构建并形成一个气场,改变或影响了中国的近现代史。从自己最初的文字启蒙而言,也深受诸如"潇湘夜雨"、"平沙落雁"等等的绝致景象的沉淫浸溺,它们说的都是湖南的风景。

飞机在黄花机场上空盘旋,我知道我已是长沙之客了。"地面温度34度",这类通报例行公事,完全可以左右心情。所以,在如此的温度下,脑海中浮现出两样东西——毛泽东"战地黄花分外香"的诗句和大红大红的辣椒时,也就不奇怪了。

来接机的是我的一位文友,供职长沙某报。多年的打拼,浪迹数年,始终没有在长沙落下根,马上又要北上内蒙了。我们远远地就相互认出,同时举起了手,但都没有挥动。我记得他告诉过我,他跟他离异的那个女人挥过手后,再也没有向任何人挥过手。他写过"一挥手/天被撕开了"的句子。我们一行跟着他的步子,钻进一辆没有熄火的依维可,他告诉我们,这辆车叫"长沙的天堂"。

我们被安顿在"湘江宾馆"。他笑着告诉我们，说这里以前是领导们住的地方，现在长沙发展了，有更好的住处，他们不来，轮到你们了。因为急着去做版面，他坐也没坐，拍拍屁股走了。"晚上十点，喝！"他的声音没有从前洪亮了。此刻，离"晚上十点"还有十二个小时！

长沙城市极为干净。当年蒋介石为了不让长沙落入日本人手中，对它实施了"焦土政策"，一把大火，烧掉了80%的长沙。今天的长沙是焦土上的重生。如今，这个城市也很尴尬，没有东部沿海地区的经济容量，甚至都不怎么享受西部开发的诸多优惠。

我们是徒步去湘江的。湘水低浅，比我想象里的逊色，但这条从红色神话里而来的动脉安静宁然，终于开始承载着它应该承载的那部分。我眼前的湘水从它该来的地方来。繁星寥落，日月更替后，只留下一丝神秘让人缅怀。逆流而上，远方有太多的传说。湘江一桥把橘子洲截成首尾两部分，也把湘水截成了两部分。直到把我们的眼神和心情截成两部分。南方给了开始，北方给了归宿。这个季节是看不见橘子洲"江天暮雪"的景色的，但儿时手捧过的册页上，已将我的凝望铭刻过了无数趟。

"藏之名山，纳于大麓"的岳麓书院至今还是教育的场所，湖南大学的研究生院还设立于此。从976年起，这里就没有缺少过琅琅书声。张朱理学、湖湘文化填补过中华文明的肌体。隔壁的文庙供奉着"万世师表"。行于山中，我们迷路了，或者说我们根本就不在路上。作为游客，我们除了各自买了30元的门票，只能安排一个这样的约定：不要言语。因为，我们的任何语言在此刻此地都是苍白的！

用"逃离"这个词形容我们的离开，真是再合适不过了。后来从我们留下的照片上还能读出我们的心虚！

在太平老街，在"贾谊"故居，我看见这个外乡人以汉赋一扫被贬的清惶。渡湘水，寻屈子遗魂，终使湖湘有了"屈贾之乡"之别称。那刻，也莫名想起李白吟于唐而引于汉的诗作：

一为迁客去长沙，
西望长安不见家。
黄鹤楼中吹玉笛，
江城五月落梅花。

"一为迁客去长沙"用在我们此行上，尽管牵强，但却能一表胸臆。长沙不经意地把历史还给了我们，不经意间把文脉交给了湘江，并且流淌。

"晚上十点"很快就到了。用喝酒给那天的行程做个了结是最合适不过的了。

## 敦煌，我眼中的沙子

　　小飞机在夜晚降落，因了灯火，我看见了敦煌。这可真不是我以为的降落。我想象中的降落是向着大漠俯冲，是向着无疆俯冲的。可那夜的灯火，给了这个窝于荒漠腹中的小城一个分明的轮廓。于是，盈盈漾漾的灯火，极其自然地浇灭了我心中一直的孤烟。

　　——这个美丽的盆地是天生的一只陶碗，原来也盛满丰肥。

　　我们要求出租车司机带我们绕城一周。车里放着田震的《月牙泉》。苗姓司机是四川过来的，他非常自豪地称这里为"我们这里"。他说，我们这里都爱听这支歌曲。在敦煌博物馆前，他告诉我们，那里面其实什么也没有！还说，是京城里的一个专家坐他车时无意中透露的。他问我们是否可以让他带我们去一家旅店，因为那样，他可以从旅馆拿十元的介绍费。我们同意了他的要求。

　　饭桌上，我努力去嗅觉沙漠焦黄的气息，可所有的菜肴都偏离了我预先的想象，美味可口得让我有些不好意思。抬头看半轮月亮泛红的面庞，我再次想起年轻时，我的伟大的比喻："那半个月亮/是神的……"。

我再次把它告诉我的同伴们，他们又都笑了。我们齐声大叫："那半个月亮／是神的龟头／正对着月牙泉……哈哈"。

我应该是在十九岁那年写这首《月牙神泉》的。那时，我甚至不知道敦煌的方位。而今夜我们为此消耗了不少的啤酒。十九岁到四十几岁，之于男人，其实只是啤酒的量变，当然，还有胆色。只是，我再也写不出如此的句子。好在明天，我就将看见我谎称看见过的月牙泉了。

敦煌的天亮比较迟，迟得让我焦躁。还算整洁的街道似乎没有夜沙漠的侵袭。在城市的边缘，连接沙漠的那一道弧线上，昨夜野狼来过的痕迹却被反复地覆盖，成为传说。当预约的吉普轰隆隆地驶入我们的眼帘时，我们如同看见主队进球的刹那，不约而同地举起了手臂。金色的阳光号召我们带着汗水，出发吧。

当沙漠突兀而来重叠横亘的瞬间，呼吸用呼吸来表述就显得极为的不合适和极其的不合理。那些在图片上熟读过无数次的风景，可以触摸了。我对所有的景观包括景观般的人物，都有触摸的欲望。你们也是，难道不是吗？面对鸣沙山，猜想沙子既有的可却也说不清的鸣嚎呜咽，是一种经历。我突然觉得，游历的意义，一大半是把自己的胡言乱语献给风景。

我把身体也贡献给了旱浪似的沙丘。当然，如果可以被埋葬，我不情愿。因为我还要回复人间的一条信息，那条关于"西出阳关"的遥远的伤感。真想吐一口鲜血，搅拌一捧细沙，搭建一个棕色的宫殿，住入我们的手掌！

鸣沙山在敦煌城南五公里处。我十年前也写过"城外五里的浅红／并不知很多故事／都是浅红的背景，五里的半径／星斗亮时的阑干／并不知很多故事／都是亮时的新欢，阑干上的旧梦"等句子（《阑干上的旧梦》）。当然，那时我依旧没去过敦煌。但这不能阻止我那时对敦煌的向往。哎,去一次要等候多少年呢?!

从山顶俯瞰,那个有些许芦苇和轻柳的地方,那个有一湾水流的地方,那个太像月牙的地方,就是月牙泉了。没有浩渺和烟波,平静地如同美丽的哑女。不要追问为什么它永不干竭,那是有隐私的角落。

从我的角度看去,月牙泉就如同一躯玉体上轻覆的遮羞布。如果我可以站得再高些,或者可以飞起来,我就可以告诉我,月牙泉,你是天机泄露的地方!真的,它泄露了天机,却变得哀婉了。那汪浅水深刻了沙的边缘,切开了我来路与归途上的伤口。我要舔它,我明日的伤口……

归途是沉闷的。沙鸣在远去,月牙泉在远去。什么越来越近了呢?我如此真诚地兑现了我年少时的初衷和向往。那么敦煌,你为何在我眼里,却成为一粒沙子了呢?

# 雀巢

中国电信的发射塔就在对面的楼顶上。我从没有真的发现过它。因此看着总觉遥远与陌生,看得发呆。好奇地数它的节数,我终于发现那是一个渺小的数字。渺小得也如同我今天的劫数。那被云占据的天空,敌人的飞机在盘旋。好在迷茫一世,也不在意这一刻的清醒。

可我还想告诉你,在发射塔的第三节,是的,是第三节上有一个喜鹊窝。一只迷路的鸽子在仰望,它望见一个春雨的景色后,一出故事水落和石出。

有谁还能捧住孵化的哭泣?曾诞生于这个彗尾一样的喜鹊窝!有什么心情比那个避过雷的清晨还要凝练和率直。

有一扇窗户开着,我意识到这个五月,好像只装了一个空了的墨盒。洗净的绿栅栏,无法打印一次成功的苦恼。

写在胸口的第一个方程,以及被曲解的阳光晒到的阴凉处,是我唯一的风景。在"知了知了"后,那只会飞的喜鹊才想起已经很久没有归巢。

它记得第三节上的每一处锈斑和钝角，和温暖的记忆，那也晚了？如果雀巢是一个女子的怀抱，那它也一定记得这个女子起身时关节的声响。那也晚了？

早上，省作协的朱先生几次留言，要我写一篇关于鸟或者关于飞翔的文字，这使我诚惶诚恐。他其实不了解我，就像我不了解他一样。可我也并不讨厌他那种认真的姿态。我可以给他什么样的文字呢？他说，你就像现在这样地写。

我现在是怎样地写呢？我问我自己。我知道，我现在根本写不出锦绣铺展的作文，我真的只是在人堆里迷失着，蘸着心口的滴血，在旧墙上敷衍点生命的记号而已。

我极其害怕会混熟一个地方，可也希望遇见真诚的目光。我当然不怨恨任何人，拿走我心里最沉甸的花果的那人，他进入你内心的那扇门，难道不是你自己亲手为他打开的吗？所以，更多的时候，我固执胶着地只盯前方。

我希望看见自己在远方花开嫣然的山脚下，忘记那些可笑的事情，然后回眸笑开。如果笑开的手心可以握住一缕也是笑开的风，多好。现在，我可以很认真地上班，可以很认真地下班了。然后找个安静的地方，随便吃点东西。有时也会喝酒，但决不烂醉。

这个春天有冷的感觉，也有点烦躁的暖，来回巡荡冲撞，以鬼魅的姿态夹击着我。我会否也会因为一个突然的忘却，记不得自己人生的密码？那时，我去找谁？于是，黯然里，我看看掌心，想念吉他六弦上的指温。

恍惚是一次世外，在间隙与纷扰的雨下，看见过黛瓦粉墙和小桥流水。我常常深深呼吸，秘密不敢示人。这样的日子也累。我喜欢清雅的文字，尽管我知道那些文字不属于我，可我愿意也能和享受这些文字的人一样，把它们爱惜地放在膝盖上，有时还会献上一行莫名的惆怅。

我与文字，纯属偶然相逢，是被多年前一行文字牵引，等到看见了一行迅疾的脚步后，我就跟随了。那是个寥廓的秋天，并不远，只是怕它会远去。这个起先陌生的城池，因此而亲切起来。或许脆弱是我们必备的一套外衣吧？如今我穿着它，行走在梧桐的矮檐下，假装快乐地张望。我已不再相信世界的承诺，以及任何有关契约的东西。

有时候我想，自由若能成为一件背心，贴心贴肺地收拢着精神与肉体，该多好。于是，那些不配和我心灵比肩的东西，我提醒自己，开始学着去鄙视。我不再说自己是一只空了的雀巢，我倒愿意自己是信念桅杆上，一颗锈蚀的铆钉。

## 丽江一棵树

回上海后,把一些往事从扩印社取回时,还是惊讶于一些照片上,有那么奇异的风貌,便独自翻阅起来。

我一般不喜欢在电脑上看,我喜欢捧着那些薄薄的纸片看。那里有点皮肤的感觉和肌体的厚实,我捧着照片时,心中会充满温暖。那里停留了我最好的时光。虽然我知道,日子如一滴江水,看似永远都在那里,其实早已流走。

在云南被山石碰破的小腿终于长出了令人满意的疤痕。有点痒,有点奇怪的颜色。它们很清楚地刻在照片上。

还有很多照片,有高寒的月亮,有海子里的水草们,一些穿红衣服的小生物,在高原的山冈上,幸福与寂寞地游泳着。

还有一张丽江的照片,初阳照耀里,一个纳西族老人踽踽独行。

猛然怀念起在丽江的日子了。

怀念我独步丽江的日子,就是怀念那些蠢蠢欲动的风向,怀念我总是迟到的欢快。那些从指间滑落的一塘清澈总会轻易别却我的骨节。

喜欢那张扬的参天羽翼深情款款了的七月。还喜欢渔网一样的吊床，飘荡着忧郁的风。喜欢在犹豫中选择的那次冒进的滋味，可以跑到远古，跑到我们的不曾相逢里。

喜欢一个叫做"一棵树"的客栈。喜欢它背街的院落。

草荇深了，浮萍满了，喜欢知了在院墙外的远方酝酿的"知了"如同一个符号。喜欢用一行酒路一行黄昏交换了我们的"唧唧喳喳"。喜欢某个角落里的一场单纯的哭，一个沙哑的片段。

就在一棵树前，我喜欢上了东巴汉子满脸的乡土般的通红。也喜欢那个翻滚的孩子与狗，有我的童年光景，它再生了我心底的无比柔软。

一棵树，等来的雨季，点燃水分充足的叶子，丢在疯长的夹竹桃树荫里。阴晴无序的章节外，我多想自己是一枚凋落。去泥土，去腐烂，去不明的去向中舀一瓢甘霖，洗洗脸孔和无言。我真的爱上了这样的街头，那里花英可掬。

喜欢街头的栅栏，喜欢春茶一样浓烈降落的味道，弥漫了摇摇晃晃的归程。没有人告诉我，什么或许会成美丽，哪些会成伤悲。

其实，所有的伤悲都是一棵树树梢上流动的风。

喜欢慢些，再慢些的天亮。让眼光如同体会一般地经过天际。已经是黎明的天际了，此刻铺陈在刚刚消褪的纯净的夜色中那些风声，连同经过的一切，在后退，在远去与模糊。我端坐在天亮前的丽江那场夜不是很深，可心情却深了。摇摆的心情，在看青色的满城的瓦片和一样青色的远山。天明时分豁然洞开天边，把那个时光剪裁得安静而忧郁。

安静与忧郁都是一棵树上结出的果实。

我以极其缓慢的速度，从一棵树出发，从光碧巷 11 号出发，往四方街的方向走去。那速度很适合点燃一支烟。左肩上还可以挑起一支三脚架，可我那天没有带上。方向既然是既定的，那就不妨朝前大胆地走去。我听见昨夜的喧嚣全部躲进了墙缝，石板路面上还流淌着一丝纳西古乐尾声。在如此的尾声中，这是我最后在丽江的行走了。我的脚步如同流动的音乐，在音乐的飘渺气息里，我遇见的那个烟灰一样的心动，在这样的清晨的音符上，张开翅膀。

经过一个鲜花茶蘼的街区，却看见离枯黄不远的等待。前三个季节来到这里之前就埋下的初衷，消散得无影无踪。那个同行的人说：丽江的冬天是个什么样子？会有我们家乡一样烧红的炉筒，和烤香了的面包吗？或许还有一壶温暖的酒，以及一脸的绯红和无助。这风景像爱情片中的曲折的讲述，寥廓而苍茫。昨夜的喧闹隐去了，我的镜头却真愿意捧上一汪隐约的幸福。

所有的幸福都是一棵树上的幸福！

绕过那些古风犹存的小巷，雾的街道透明了今天的眼神，铁栅栏和旧长椅组成的风景中，我如果再次看见的那个风光，它一定是撑起了伞。所有不安的背影，也还在澄明的流水中浸泡着呢！那些未开的门里窗内，似乎还有一个以书掩面静躺的阳台，怀抱着远方的消息。昨夜成为历史了。

向阳光的方向走去，也是一种幸福！拖拉的脚步，极为清晰地表白，丽江如同一个女子的成长。有些东西她们不舍得丢，可又不可能抱住。只好在游移的晃荡中，融入灵魂和呼吸。我假想的心酸与爱怜，被时光洗刷的过程，成为渐渐冷透和挥发的情节。也许只有她们自己记住：

一棵树，只是躲藏在心里的往事吧！

初阳开始鲜活起来。阳光，也只是遗漏了的水车童年，除了水，什么也没有变老。

石板路在劳累与疲乏的当间，把自己架空，还原成一段历史篇章，它用气味做成标签，等待谁回来认领已逝的孤苦伶仃？我们一起相信，日子背后的金黄是起舞的裙摆。

从另外一条路回去，就不会迷路。

阳光就是被简洁了的心绪，所有的阳光也都是一棵树上的阳光。阳光是另一种安息的梦。在醒来之前，没有你我。这个时刻，我们行走在各自的路上。就像我现在尾随的光亮，行走在彩云之南的中国。

喜欢上的最后一张照片，是我，在丽江也站成了一棵树。

## 我被蓊郁的来路迷醉了

我一直保存着这些印刷品，只是很少去翻动它们。我怕我的每一次翻动都会让我情绪低落，让我不知所措。

那年寒假，学校几乎是空城。只有极其少数同学因为各种各样的原因滞留在学校，学校显得前所未有的安静与寥廓。在一个早晨，天空开始飘雪，雪花一点点地大起来，下了整整一天一夜。到了第二天晚上，雪才停住，偌大的足球场在夜色里显得光亮而透明。如同光芒的月夜。

那个城市此后就没有下过这么大的雪。在那个雪夜，一个偶然的机会，我看见了这几张图片。一种温暖慢慢渗入我的心灵。许多东西在这种有雨有风有阳光有色彩的画面上来来往往。

今天，我还能呼吸到那时的气息。

初次见到这张照片是 1982 年，当时我正在上大学。我上大学的那个城市，常常在雨中也有类似这样的街景。那些可爱的从天而降的雨水让我为江南着迷。那年我开始学习绘画了，经常在水彩纸上默写这种景色，尤其是那顶红色的雨伞，被我的记忆浸泡得有些糜烂有些恍惚。

那个年代，我们很少能见到彩色的照片，用学生证抵押租一个海鸥120相机就挺幸福的了。那时喜欢《雨巷》一类的诗，喜欢遇见一个丁香一样的女孩，她最好打着一把油纸伞。这张照片腐化了我，以至于此后的20多年我一直喜欢写些忧伤的语句。

铅云笼盖，野风肆虐。那沉甸甸的一汪明黄，持久地在我眼前晃动。乡野四合下的阳光软弱无力到照耀着三月，也照耀着发育不良的我。我甚至想去寻找一处类似的风光，在阡陌上赤脚行走并且等候。年少时懵懂的追逐在这样的画面里把我唤醒，让我记忆起奶奶门前的池塘和更远处一样的油菜子田里翻滚的浪。

后来我涂鸦过一张油画小品，看得出，我深受了这幅照片的影响。这幅画至今还在我的书房里，不是欣赏，而只是一场悬挂。有些东西是流逝的，有些东西是凝固的。今天，在凝固的木质画框里，有些情绪却已经无法流溢。

面对这些画面，会莫名其妙地感到走神失神失语一起袭来。疲惫不堪。看见星光一点点闪现，远方高处的飞机翼灯经过了哪个上空而变得沉默昏黄？有很香的味道吗？我闻不出丝毫。

一秒秒过去的尘土，堆积成枕头一样的风景。生命如同一趟渔轮，要漂洋过海可也要身披一张血腥的网。我看不见平坦如镜的海面上谁还在上面躺着。我看见城市有了倒影，倒影上谁又在走款款舞步？奇怪了，日子里老有鬼魅般的幻影在眨着眼。

旧时风景，寄不出的几张废纸开始泛黄。我翻拍它们时，手抖动得无法聚焦。不为别的，只因为总有一种声音让我心悸然后张望。觉得总有一个人在随手挤掉面目上的暗疮让画面纯净。我给我自己一把滚烫的钢尺，可以认真地敲打自己的手心。

画面既已展开，那么就多看了它几眼。多看了几眼，日子便也飞快地流逝了。不再回来。

好久没有在键盘上敲打这类心情了。因为我许多的向往在秋天无雨的晴日里有了一个靠拢的岸。日子中的尘嚣在窗外幻化成烟幕一样的栅栏，上面开着花呢。我想把今生的另一个侧面张贴一下，在温暖的记忆里。

我没有约束的时光真的太久了。头发蓬乱，衣履不整的我，也许真的必须有一把利刃来扫荡我心中的杂芜。可是，可是我的墙壁上，用来裱糊本色的文字，褪色的褪色，模糊的模糊，没有来的始终未到！我可爱的灰色的墙呵，该有一帧水色几许的泛光，来照耀和湿润。

那些印刷品，它们的分量似乎是离我心脏最近的那根肋骨。它会重生一万年的因缘，以及无数个交替的昼夜。在最深的某个深夜，我们的心跳打击了生锈的铜钟，黎明只是象征性地来过，我们的夜和眠好像在白天。白天颠倒了我的日历，也颠覆了我的初衷。我只好叹气地对这个世界说：别叹气……

谁让我的手指不是一把篦梳，来理顺那些缠结不清的清晨。在消失的梦呓中哑然但真切地呼唤过画面中水珠的乳名。画面上的雾在散去，尾花般的皱纹最终刻在了我的脸上，这个瞬间的雕刻，便是泪水易辙后，原貌成为故道。

这些画面的空间就足够大了，却也无法做成你的背景。是因为易碎的旋律分解在你的来龙去脉中，早已捧不上手心。那就融化在你，还有我的日子里吧！如同血脉一样地流淌，流向终点。

许多的风经过窗前，眉毛上方的心思被晾晒在被风稀释的阳光的梗概中。一切的一切在告诉远方，如果把我们遥远的距离放在这样的画面上来丈量，那么，那么它并没有走出我们的掌心。我们浅笑的嘴角其实还是涩涩的。我们对这样一种风景的依依不舍的眷念，一如跳高架上的横竿，必须越过，否则会砸了自己！

耳语沉重的午夜被星星的手臂攥紧了的安静，在描绘着百无聊赖。不眠的画面，是一次次不成功的遗忘。我与它们的温差和时差，犹如安详与绵延的气息，游离了人间烟火。用符号和表情传达的风光，成了墙面和记忆里，庄严、实用和触手可及的装饰。

于是，我久远的冰封被解冻。水，漫漫溢出一段无人涉足的荒原，在眼圈一样的轮回中，诞生了幸福和泪。我抚摩这一切绝壁似的画面，你的身姿，在你的颈项上，悬挂一枚晶石。让瞳孔如晶石的光亮，把我照回到我追逐你们的那个年少岁月。

可我被蓊郁的来路迷醉了。

## 我们的眼睛

我们的眼睛到底看见了什么?

上世纪六十年代最初的几年及其以后的十数年里,我们看见祖国的墙体被斑驳的攻击性极强的汉字所覆盖。今天的孩子很难想象,那时的中国,那种壮观的文字线索,其实是一个时代的绞索。因之,多少青春流逝,华发凄迷。因之,风声鹤唳,家国俱远。

我不幸成了那个时代的新生儿。第一次真正看世界的这种张望,引渡了我整个少年时代。我们的眼睛慌张又惊讶。

我们这代人,从小多半都不是被温热的水焐大的。长成后更为尴尬。上要面对白发疯长的老父老母,下要面对稚拙清澈的儿女。面对事业、生活、家庭和爱情时,很多的时候,我们又无话可说。

因此,在年少轻狂的岁月,总想去做个吟游诗人。在那时看来,诗人能应付那份尴尬。他们可以在字里行间营造另一个空间,住着真正的自己。这种迷惑构成了我们这一代人共同的心理基础。悲剧性的性格走向,决定了七十年代末,八十年代初中国诗歌的癫狂与杂乱。我们学着顾城的口气,说"黑夜给了我黑色的眼睛,我却用它寻找光明"。

除此之外,我们还热切地在国界之外寻找心灵上的那波涟漪。于是,我们的眼睛看见一位醉心于爱情与友谊——并使之服从于自由与忠诚价值的——那个赤头赤尾的巴黎人,他站在了西方哲学长廊的中央。尽管他的作品忽视了语言的逻辑,使用不连贯的言语、停顿、删节号以及粗鲁的咒骂和淫词秽语,尽管在他的文字显现中,支离破碎、抑郁、感情紧张与歇斯底里随处可见,但,让-保罗·萨特仍不失为我们的导师之一。他那句"他人就是坟墓",在我们大学时代的书简中肆掠横飞。

我们的眼睛充满了悲怨与无畏……

现在想来,这种悲怨与无畏尚欠资格与底蕴,那样的幼稚与荒唐。那时,我们可以算作一个成人,但绝不是一个成熟的人!

于是,便很自然地想起了另一个人。我们看见200多年前,有对举世无双的耳朵在失聪。这位把十七世纪末的不幸带到十八世纪灾难般人生境遇中的人,是如此的令人惊叹。他的名字叫贝多芬。

1816年,四十岁的贝多芬在给朋友的信中写道:"不知道死的人真是一个可怜虫!我十五岁已经知道了。"这里指的是他"最好的朋友",他热爱的母亲的死亡。从十七岁时,贝多芬酗酒的父亲便把家庭的重担压在了他的肩上。从此,现实生活和音乐创作便变得难以区分,它们都生长在一棵叫"苦难"的树上。

然而一种比苦难更深的苦难在贝多芬26岁时找上了门。"我过着一种悲惨的生活。……我聋了。"很难想象,一个有着庞大音乐体系的音乐家与一个聋子有何相干。

1827年2月17日,贝多芬接受了第四次手术。这时已经一文不名的天才巨匠竟因为伦敦音乐协会给他的一百英镑而激动,并号啕大哭。他给音协写了一封信,大意是,要为他们写《第十交响乐》。但这连同他梦寐中的第五次手术一起流产了。最终没有把精灵启示他而要他完成的东西留给后人,他死在了乐谱架下。

——从那刻起,我们的眼睛看见贝多芬那双"妩媚过、迷惘过、可怕过的眼睛"便开始浏览与观照我们,直到如今。始作于1802年的《第三交响乐》(英雄交响乐)所献给的"英雄",罗曼罗兰说,不是拿破仑,而是贝多芬自己!

今天,我们的生活已远离了古典的静僻,我看见谁都在极力回避诸如贝多芬明澈如水的《第一交响乐》背后的残酷与悲哀,其实,我也知道,我们没有理由去学会包装自己的心虚与谎言,不应该用实际很脏的手去抚摸圣洁的神龛!如果我们不是附庸风雅,那么,在谛听贝多芬《第五交响乐》时,我们的眼睛一定也会同时看见:命运是这样来敲门的。

# 生命情节

茜尔玛·拉格萝夫,这位第一个走上诺贝尔文学领讲台的女性,用亲切如母亲一样的文字抱着我的摇篮摇晃。摇醒我的双眼看春天的景致一步步地从北欧的肤色上,走近我也有款冬开花的故乡。

很小的时候,父亲就用浓重的乡音给我讲读《骑鹅历险记》,讲那个满脸雀斑的少年尼尔斯因为失信,因为没有礼貌,因为读训言时的贪睡而可怕地变成一个小精灵的故事。从此,故事的枝节便在我的心中长成一棵树,在心跳与呼吸的地方,绿荫覆盖了我。

随着年龄的增长,绿荫越来越浓烈,一路的心情洞开后流露出的苦涩,淹没了天真与烂漫。

拉格萝夫是用曾经残疾的双腿迈进文学的圣殿的!在她还是一个未曾理解行走意义的小女孩时,一场病变使她瘫痪了。——于是,在她亲人如飞的眼泪中,在人生最初的阶梯上,爬行,成了她拾阶而上的语言。

我又一次听见自己的父亲目光与髭须下的声音,在用崇高与爱诱导着我。我生至今日的生命体系中,始终铺陈着他撒落的发屑如月光一地。

后来，我们都知道了，拉格萝夫最终又站起来了。因为一只美丽的天堂鸟，停泊在深海迟归的桅杆上，因为鸟语的欢畅与聒噪不停地撞击她的肌肤以及她在昏暗里强烈的等待。有天，路过门前的水手告诉她，天堂鸟回来了，就在岸边的巨轮上！她毫不犹豫地让家人背上她。实际上，她狂乱的心跳在那刻就已经站在了海岸线上。也许是太想见到那只传说中才有的天堂鸟，一到船前边，她就甩掉了所有的搀扶，急切地向前爬去，继而又艰难地站起，居然能一步一步地向前挪去了……天堂鸟刹那间给了她一对美丽绝伦的双翅。

　　父亲说，这是十九世纪末最美丽的一次花开，是一位大师才配有的生命情节。天堂鸟只不过是人生的一种信念罢了。所以，在我遭受挫折的时候，父亲总说：孩子，看见了吗？天堂鸟在你的前方飞呢！

　　在父亲化成灰烬之前，我看见一团火在炉膛内升腾。他的生命之门终于关闭。关于拉格萝夫，关于尼尔斯，关于小精灵与鹅，关于信念与"一个人在天空里是怎样的情况"，全在我的目睹下，闪着光芒。

　　那个瞬间，我听见了拉格萝夫在对我说："一个人完全从他的苦痛和忧愁和一切不幸中超脱出来了。"

　　我的姓氏在那一天长出了皱纹。

　　款冬若菊的香气里，天堂里我也近了，伸手可以触摸天堂边缘透明的石垣，还有无数个长着翅翼的天使的面颊以及父亲慈爱的目光。可我心里却明白，我触摸到的仅仅是风呵……

第三辑
南山含黛

——如果栀子花长出了眼睛,看一次我们,算是看一次流浪。

## 浅水湾，那张浪的脸

对一个风景的记忆，莫过于那种伤及心灵后残剩的碎片。尽管它可能只是一阵微风。1995年3月，当我还没有把厚厚的冬装卸下，木棉与红土交织的那个南方，春雷已经响过。我沿着广九铁路，去一个叫香港的地方。

我是一个到哪里都喜欢闭门睡觉的人，在我看来，我的梦乡远比景色更能吸引我。况且，香港只是我此行必须路过的一个城市。因为国内那时没有直飞阿联酋的飞机。我要在香港转机。

机票是在广州就买好的，同时也买下了在香港逗留7天的机会。睡7天显然是不实际的。那不妨出去走走。

我的行走是漫无目的的。走进那些个在画报上见过的建筑群里，我发现，我并没有找到它们！那就去山顶，有轨缆车把我拽上高处的过程中，我仔细打量起整个城市，我觉得所有的建筑变得单薄起来，弱不禁风。在山顶，花了36港币买了一盒炒饭，我没有吃饱。那刻，我内心强烈要求这个城市立即回归。

荷里活道上的古玩市场,香港公园里的秋千,兰桂坊溢光流彩的霓虹下,还有九龙的女人街与宋城都有我随便走走的脚印。中环、铜锣湾、湾仔、油麻地这样的购物天堂自是不敢涉足,即便不小心去了,也是临行前,英文老师恶补的那句"I am just looking"(看看而已!)。倒是赤柱村的露天成衣市场让我着实兴奋良久。

诗意的夜晚总是不经意地到来,尽管我身处异域。几瓶啤酒,我洁白的衬衫和起舞的蟑螂,给了我一处遥望的平台。我沉醉的目光中,我的过往,我的梦想,我在大陆不敢畅谈的话题,此刻,统统都来了,在我的窗外,明目张胆。

独自坐在晒台,看维多利亚港的灯火。启德机场上空有飞机掠过。隔海的远山,躺在静静的九龙的脊背上。天空是迷人的雾霭,淡淡的紫,淡淡的黄,曾经从身边走过的点点滴滴,在这个也是淡淡的香江雨夜里,都变得沉重起来,金子般的贵重。

当又一个早晨到来的时候,我已经记不得我是如何就到了动植物公园的,我的隔夜的酒气还在微温我初阳前的寒意。我乞丐一样的乱发和胡须以及镜片后惺忪的张望,让我突然地空旷起来。

这条公园的长椅上,还坐着一位老者与狗。我极其礼貌地伸手向他要张报纸看看。他没有看我,他手指向了远方。远方是一个垃圾桶。后来,他们(包括那只狗)走了。我看见他把厚厚的一叠报纸扔进了那个带色的桶里。也是后来,我懂了,你要想看报,又不想掏钱买,那不妨把手伸进那些垃圾桶里,全香港的新闻都装在里面呢。我第一次发现,一张报纸原来可以有100多个版!那天,我用它们做了两件事。阅读和铺垫。

我的香港之行,最后一站是浅水湾。它如何地美丽灵性,似乎都不是吸引我的理由。我要去看一个人,一个女人,一个永远都是31岁的女人。在这个烦乱的3月,我记起了她的叛逆,她的文才,她的并不漂亮的脸和她的漂亮的语句。我面向大海,喃喃自语:"三月的原野已经绿了,像地衣那样绿,透出在这里,那里。"(萧红《小城三月》)这个1942年就已经消亡的生命,你的声音还要流传多少年?!唉,谁让她埋葬在了一个注定要流传下去的地方呢……

那天,一向风平浪静的浅水湾在夜幕渐深时,挂起了巨浪,黑黑地压迫过来。一天的美丽呢?一辈子的美丽呢?在惶恐中丢失了!

那年路过香港,我现在只记得那张浪的脸。

# 哭泣的海滩

2004年的某天,当一个男人满脸憔悴地在弄堂口迎接我,这个在外漂泊了15年的家伙已经很难有笑容了。我们没有握手,彼此拍拍肩。他依旧比我强壮,肩胛肌结实像他的目光。

他盯住我的脸,然后嘴角一撇,我听见了他的人声:都是老东西了!

这是常德路上一间能够看见张爱玲粉色公寓的阁楼。

一堆书摊放在地板上,花花绿绿没有一个汉字的封面让我时空错乱。一台电脑也是放在地板上,显示屏上滚动着异国的海浪。一张三人折叠沙发醒目且唯一地盘踞着阁楼的南方。一只紫陶鱼缸,摆置脚下,成了烟灰缸。墙壁上挂着一副滑雪板,在上海这个终年无雪的城市,它显得突兀而忧伤。

地板上一个并不精致的相框里,镶嵌着他和两个台湾姑娘的合影,他告诉我,左边的是"台独分子",右边的是"统一分子"。她们极其亲密地簇拥着他这个"大中国"。

与他的上一次对话，是 1993 年。当时我还在阿联酋。他的电话让我确信，我们相隔遥远。

他说，他在激流岛，在顾城自杀的现场。这消息，通过他的声音，使我深为震动。——我们曾在上海黄浦区体育馆聆听过顾城的讲演，那是 1985 的事了。

咳！那曾被顾城"朦胧过"的一代人呢？！

我在阿联酋混不下去后，就郁闷地回来了。可他却一直在新西兰飘来荡去。没有固定的职业，一边读书，一边"背包旅行"。在新西兰的春夏冬秋中行走，在新西兰的东西南北里跋涉。在南半球，他完成着一个青年向中年人的过渡。

我难以习惯现如今他一句中文，一句英文的表达方式。但我习惯他的手势和表情。那夸张的耸耸肩的样子，若换了别人，我一定觉得可笑。

电脑里开始播放他从基督城到奥克兰再到激流岛的录像。看得出，他已是一个不错的旅行者了。风光很美，片段很美。

我看见"顾城岛"（当地人面对华人时，总把激流岛叫做顾城岛）上那些各色人种不同国籍的行为艺术家，他们的长发和胡须，他们的吉他与歌声，他们的啤酒和夜晚，他们蜗居的废弃的集装箱以及画面外不知名的干咳。还有那蓝得发绿，绿得撩人的波浪。

录像在一处朝东的海滩上停住。他告诉我，这海滩叫"cry beach"（哭泣的海滩）。

顾城、谢烨以及他们的儿子木耳曾像风一样地在海滩上飘过！

如今，只讲中文的顾城死了 11 年了；

如今，会讲英文和德文的谢烨死了 11 年了；

如今，他们的儿子木耳也应该 17 岁了。

这晚，两个老男人以烟和酒的名义面对着，彻夜无眠，在一个氤氲的阁楼里。

天亮后，临别时他从墙角的地板上拣起一个棕色的纸包，递给我，说是一块石头，南半球的，新西兰的，激流岛的，顾城砍杀谢烨的那条路上的，顾城自杀的那棵树下的……

## 宛若流云

这个季节，雨水未见连绵，如同稀稀拉拉的省略号。

这种气候，王维双手总爱拢在衣袖里，仿佛是按在一个严肃的琴弦上。虽不算是最强的音符，可它却碎成了腊月的梅花，飘散在荒塘之畔的沟坎上，雨水笑吟吟地说着瞬间的心跳和温暖。说着从指间流逝的短暂与悠长。

爬起床，王维看看手腕上的表，已经是上午十点了。他穿着拖鞋在房间里晃了一圈，确认是在自己的寓所后便伸了一个懒腰。王维迷糊着眼，看看阳台上青翠的盆栽，昨天被他修剪得居然温情脉脉。墙上的画挂歪了，他懒得去扶正它，就像上次他看某个人家的风景画倒置了也无动于衷一样。

住进这个房子有好几年了，王维从没有认真地关心过阳台上的地砖。今天看见，吓了一跳，地砖好像是木刻的底片，他幻觉自己就是躺在这底片上的一支从前的烟蒂。王维揉揉眼，朝窗外看去，鸽子在铅灰的天际冬泳，眉清目秀的飞翔划开天地的唇边，让寒流倾覆在耳畔。

这个该死的冬天，绽开的尽是灰暗的眼神。与清风无关，与清露无关。倒与王维走失的轻狂有些相似。他突然想起一个朋友，好久没见的朋友，就顺手给他去了个电话。那人好像昨夜又喝酒了，还处于深度迷醉状态。他问王维是谁。靠！王维懒得解释，挂了。

他又试着拨通另一个电话。那边说还在床上，手冷得连电话都不愿意提起。王维淡淡地说，请把手放在温暖的两腿间焐一焐啊。挂了，这次是那边挂的。只撂下一句话：你成熟点好不好。王维觉得如同被人煽了一记耳光。

书桌的笔架上，只有一支秃头的毛笔心安理得地赖在那里，样子好滑稽。王维不禁笑出声来，那傻笔在桌上的投影，竟然生涩得如同王维名字最后的那一个笔划，深陷在迟疑的光线中。可以想见，随后便是尖锐的折裂。折裂的声响平地荡起，在王维的发梢上分明与清晰地熄灭。

阳光在王维背面的对面，照着景色迷惑的冬天。那些鸽子又盘旋了过来。王维似乎看见鸽子盘旋的翅膀上挂着伤痛的痕迹，那飞翔的脚步声其实无声。或许，在一个月牙疼痛的夜半，鸽子们才可以透过云层说着洁白的心思。

王维又想起了一个远方的人。可是，自从上一部手机丢了以后，她也随着手机里储存的名片一起丢了。好在王维还记得她的工作单位。经过"114"查询，王维拨通了她单位的电话。接电话的问王维找谁，然后问有什么事，态度有些不够友善。这让王维非常不爽，王维大声叫道："王维找她，是说婚姻大事的，求你别给耽误了。"对方轻轻地说了句"神经病"后也挂断了。王维一下子被激怒了，对着话筒破口大骂。

过了一会，王维的手机响了起来。屏幕上显示的是他刚刚拨出去的那个号码。还是刚才接电话的那个人。他告诉王维，自己要找的人已经死了快一年了。王维的脑海中一片空白，有冬天的味道倏然而过。王维好像看见曾经一起追赶晚霞的那个女子被悬挂在了天边，在风下急速地柔软与糜烂着。

　　王维打开窗户，彻骨的清冽的风贴面而过，也贴着王维沼泽一样的胸膛。远方的天色很容易使他想起他们一起去过的河岸。那些河岸总会挽留一尾尾羽毛似的旧船。在船边，王维一边喝酒一边听船东的号子在浅滩上呜咽。"呜咽着寂寞的炊烟和困倦的流云。"那时的王维自言自语。如今，那个叫"流云"的女人死了。王维再也不要对着遥远的发髻说白发的往事了。

　　王维泡了一壶普洱茶，他在叮叮当当的水声里，仿佛看见一个曼妙的影子转瞬而逝。"喝这样的茶对王维太奢侈了，眼泪都能喝出来！"有一次王维对流云这样说。普洱茶是流云送给王维的。那次等待普洱茶的过程中，王维依旧记得被灯光割破的街道上吹过的西风，还记得雾气沉沉地，他站在街口失魂落魄满心期待的样子。

　　王维在这个上午十点朝楼下张望着。手指捏起令人头疼的小茶杯，仰起头，"咕噜"一声，漫漫的冬天就被他一饮而尽了。

# 月光曲

星光从我天空走过！就像以前一样。

月光在榕树挂满胡须的身影里有声地摇曳，匆忙却不走远。地上的光影一如风后的雪雾，柔柔地弹起。弹起的脚步，尽管滞缓，却终归慢慢走远了。

鼓浪屿此刻多静哦。

幽雅的岸线，像记忆里的一片唇。等待张合之间的那截春潮，还有多少的距离？离心情与脚步几乎没有距离的，或许只是一弯对岸的阑珊灯火。灯火里，有海鸟声偶尔响过。

跨不过的浅滩，裸体的山石瘦骨嶙峋。我与月光的这次邂逅，也是如此的清癯凛冽。站在裸露的瘦骨嶙峋的山石上，我幡然醒悟：我们脚下没有土壤！

月光替我掌灯，鸟鸣给我方向，那老榕摇曳的动静呢，不再是一个熟悉的呼唤了。

我想象明晨的雾如何升起，以及120小时后将要的那场立春，长着怎样的脸孔与忧伤。于是，辛酸继续的日子，也就不必在今夜定格。海面上其实也没有孤舟自横的诗意，那些被浸泡着的尾冬，在南方的这一处海域，让它继续清澈又绵长！

美丽了吧？！

月光到了隐去的时辰，云里雾里地在闽南山海笼合的注目里，义无反顾地去了山的南边。

我便是那枝最惆怅的竹叶了。

向刻满时间与光阴的竹节要一片土地、一寸土壤吧！好让我与月光的这次邂逅有场有根基的漂亮的艳遇！

胸口噎着的是什么东西？海边结冻的淤泥，还是冬日里雪一样的海鸥的羽翅，还是礁石嶙峋的脊背上旧年的风华？

是炮台下有紫藤开花的走廊、隧道口的轻烟，还是我想叙述时欲要开口前的那份迟疑？

后来我发现，海风没把我的脸吹白。于是，今晚我只有把脸喝白！因为，海风吹不白我的脸。（可惜啊，我黄得有点病态的脸越喝越红。）

冬季的鼓浪屿，或许是一年里最冷清的季节，我也或许是这个岛上最不从容的家伙。不就是多喝了一杯吗？我想起白天，一个外乡的父亲板车上坐着的三个孩子，我想起了自己的其他两个弟弟。再往前20年，我第一次踏上这片海岸，就带着他们。日子真的惶恐，现在，他们，一个失业，一个无业。

在这捕风捉影的时刻，我还想起了自己的父亲，那个第一次把我领向海边的人，你在什么地方拥有着另一方海水啊！

今夜，我将醉不归宿。

今夜，我有我的夜不能寐。

不就是多喝了一杯吗？我想好了。我要去沙滩展览我的躯体。我要去浪尖上漂泊我的寂寞。我要去落日里,去落日里,去落日里,迎接世界的升起!!

酒已尽,夜已尽。心情已尽,灰烬已尽。还有什么未尽?还有什么未尽吗?我未尽的犹豫形成了浪花,未尽的醉意去了远方敲门。

我的天啊!!不就是多喝了一杯吗?!

今夜就是这样,在鸟鸣偶尔,在浅滩嶙峋和昏灯孤舟的鼓浪屿,在红顶弥漫的鼓浪屿,在一处山门"吱吱哑哑"将要的开启里,我与西斜的月光告别。

# 海角天涯

我想席地而坐，在布景一般的海滩边，看雨敲打你小小的世界，听历史变成光芒，或音乐吗？有风吹过的夜空，你多情而飘渺。

我想象草地上的灯，如何熄灭了最后一季的妖姿。在鱼市街的老码头，想象棕榈与白沙，风与走廊以及旧日的浪和礁石上站不住的一只海鸥，如何地过往！

那时，晴空下的人，可以用手指来数。数不清的星星，我们的眉毛与心思连同忧伤的燕子，栖息在几种门后？今天，我相拥了你的身姿，那一汪海水舞蹈一样地撞击我心扉。

走上海岛的鲜苔，在背阳洞开的礁石后，悄悄生长我们一样潜伏的向往。谁上了邮票，把我们一同寄出。最远的那个地址，有烽火一样的歌谣。未曾开发前的那些处女地，是否还在你的发际暗藏我一生的乳香和我们灾难般对你的蜂拥而至。

我恨自己拥揽不了你的全部！拥揽不了你的往日青春。青春的句号像一只杯口。霓虹流尽，白色的血与潮汐在沉浮以往。

在你的风影中,我听不见草地上的牛,悲壮如北方一样的低吼。我闻不到麦田上,走过的五月馍香;我看不见稻穗上,折叠的九月重阳。只记得,你浅滩上的鱼,有着忧伤如南方一样的唇线!

何时让乡野的竹节炸开后的笛膜吹奏西风如镰。一声声的愁绪,在海上晃荡我们的小屋与舟楫。你是一架挂在天籁上秋千。天籁下,我们小心翼翼地吟唱。吟唱的歌喉,我们是相互的沙哑。沙哑的昨晚,沙哑的风。把海湾的汽笛远远送来的,难道不是风么?

有风无雨的日子很纳闷。因此,这才渴望有风在紧闭的窗外周旋,渴望有雨掠过门楣,躲进依稀的梦里和往日的清凉里。

你的城市,四季不明。连鸟的聒噪也很稀奇。早晨却来得特别早,没有湿漉漉得枝桠很忧愁。因此,这才渴望有冲动在沙滩上流淌,渴望鸟的聒噪欢呼过我梦的上空!

昨夜已成隔窗烟月,梦开始的地方,雨微风瘦,古意走远。那么不妨走上青石,去雕刻一生的主张。还是等今日暗夜里,你的蒿草,你睫毛一样的钟声,长长短短……

耳语低垂的岸边呢?薰花枯时的味道在发霉。我看见浓烈的夏从门缝中挤进来的样子,跌跌撞撞的忧伤坐在吱呀作响的黄藤椅上。——你,挽起紫樱一般的头髻,看着我走过来。一样的笑容,长在一大片恋情如茵的波浪之上。

相信我要去看你,带着尘埃和恋爱,等待你匆匆地进进出出。今天我已经开始学着苦守以往。

一次恍惚,栀子花会长出了眼睛。看一次生与死。

看一次我们,算是看一次流浪。

## 城市夜码

有时候，夜亦如人一样的糟糕，睁着眼睛，没有取舍地顾盼。把分明自然的尘世表情张望得或灰暗或苍白，让仅有的一点绯红成为陷阱或其他。我们挪移的脚步为音乐伴奏，树木的枝叶不愿成为城市的胡须或睫毛，只是无声地摇曳，沙沙如裙。如歌的旧烟在谁的鼻息之间，依然袅娜？

我也想在城市的天际线上开一个窗口，让肉体成为纸质，可以裸露、张贴与展览。让昏灯像以往，让以往的昏灯散落的碎片缝合记忆的暗伤。让霓虹的药水轻抹眼角，就看你走远吧！

你可以去城市的任何一个角落。也可以唱任何一首你愿意吟唱的小调。当然，你应该把墨镜戴上，让城市中的奇怪打点折扣。不要声张，你的帐篷，你的饮料和失神，还有你的假假的哭声还未成年。你我来自相反的方向，我们打过的那个照面，中间隔着啤酒花。啤酒花盛开的夜，是城市不死的血髓。

可惜，你不能坐在橱窗内，我们其实都不能。我们的牵挂太复杂。

尽管头发也能飘起，只要有风，我们总是愿意面对。寻找城市的风向吗？白衣胜雪一万次，可只要被一次泪水打湿，便终成胎记。印在城市的乳间和颈项的背后，暗示你的侧身而过！

在夜城市的壁影上，再去刻谁的名字，不仅多余，而且可笑。城市中，未被命名的角落实在难寻，什么地方还有不牵强的名字，能让我们低语？什么地方还有一个弯角，能够提供我们一次狂奔？城市最幽暗的灯光，比起旷野的星火，依然矫情。而窃窃私语呢，总让人觉得恍若隔世。城市最终没有了牢靠的爱和情节。夜，孕育不出任何结果。只是不妨去走走，走走和走走……

你我是两个符号。就算是构成了一个夜码，但，不要去指望，能打开同一把锁。

## 地下悲情

年轻的我一直都十分清楚，隔着 20 米的混凝土和土层，那里才是人间。那里有自然的风向和衣裙，有目不暇接的闲言碎语，有眨着眼的窗口以及飘红的心思，还有带走与无法带走的梧桐与细雨编织的远方。

把自身安于地下 20 米，穿行并喘息在城市的反面，与繁荣奢华就隔着 20 米。仰倒在地，看见 20 米以外，布满欢快的鞋跟和盛开的鲜花。看见有人践踏我的眼光，践踏我的理想和肉体，践踏我离开已久的少年情怀和从未有过的别样酸楚。

我喜欢真正的地下。喜欢神秘的步态和失真的口音，喜欢诡秘的琴声和暗哑的梦呓。喜欢时间的不在，空间的萎靡。喜欢认真走动的节拍器和踩镲脚下生锈的链条。我甚至喜欢雀斑一样的鼓皮和风一样的电声。

有时候，空寂潦倒的情绪中，是需要披件稍微厚点的衣服的，再喝上杯看上去略微粘稠的茶。看半透明的茶色深棕，永远的夜。夜也是深棕的半透明的了。头顶上时而疾驶而去的车，让人心起舞起雾。

握住杯底,那一如你体温的杯底,温润光洁。印着来自三个角度的光线,提醒我半岛似的空间,那个被地下20米卷走的光芒该回来休息了。

这个妄想的男人!他假设的爱情总能打动自己。他先是为自己唱了一首歌,歌中有一万个"你"。他唱生活在来的方向里如何折返,唱如同风向一样的你的眼神,唱秋歌芦笛和声声叹息。后来,他又为你唱了一首歌,可你,也许只是听到了他御寒的酒气。

他必须去一个地方,他要在那个地方迎接你。他用文字糊墙的样子,永远戴着帆布做的帽子。堆积三个小方凳才能够摸到的天花板,他想不出写上哪几个字。你说在对角上贴上你们各自的照片,一个低首,一个端详。中间隔着的涂鸦,用了自己的手迹。

头顶上这个时间还有手捧汗迹的归路人吗?红茶渐淡夜色渐深,景色被你渲染得语无伦次。你在你的双臂之间留给风的空间奇妙而简略。他的不假思索的样子此刻拥有了昏灯和温情。一辈子的誓言还在,一天的余温也还在。

等待返青和开花吧!

我的头发又长了,我的声音又哑了。我敲击命运的鼓槌折成了几节?节节奔跑的鼓点,如同在礁石的骨骼上,把来潮打得粉碎。把自己,还原得干干净净!

在地下,我还可以在皮靴的灰尘上写一个故人的名字和笑容。在地下,我怀念的天空很低很低。我膨胀的欲望也有了重影,摇摇晃晃。初雪、初绿、与初夜和初次的暧昧,在地下,没有了区别。

方便面的空盒子堆成了一件作品,也把自己缺钙的灵魂映衬得卑亢难辨。疯长的毛发和胡须像一面天天升起的旗子。破镜子里,我要飘扬。

知道了，要再长 20 米，我才能抚摸到你的脚踝和脚链。我在我永远的夜里，聆听你的手指走过我神圣的第 2 个八度。青丝如弦，白衣似雪的季节，寒春与暖春之间，究竟隔着什么？

　　可是我地下张不开的双臂，在包揽阴天一样的气息。那印象的残汁，泼向一个愈合无望的伤口。我悲情的地下 20 米哦，所有的生长都极其缓慢。我滞缓的流去的激情，像墙壁上曾经鲜艳的涂鸦，终成烙印。

　　我头顶不远的方位，拱北河河面，在我地下的颤音里起皱，海鸟贴着水面，向北向北。

　　在地下，我来回的甬道，昏灯依然长明。

　　这个世界无法变得鲜明。我们隔着 20 米，又不只是 20 米。于是，我只好在城市的背面，对人间仰视或者闭目。

# 第"7"俱乐部

郭可倾用脚在桌底轻踢了荷马一下。他低头看见她的桶靴里插着一张纸条。荷马抬头看看她,她的眼神示意,那纸条是给荷马的。他一边从她的靴套里捏出纸条,一边想,有什么话不可以说呢,而要用这样的方式?荷马把纸条塞进口袋,假装看着窗外。那时正好起风,晚秋特有的夜色从窗外闪烁而过。

他们坐着的地方,叫"7"俱乐部,是荷马常去的地方。在一般人的眼里这个俱乐部有点怪异。因为这里拒绝女性。当人们从那个并不招摇的门口进进出出时,马路上总有人会露出异样的目光。

荷马倒是觉得置身于一个纯男人的世界,感觉特好。但它又决不同于军营:同一的装束,叠得像臭豆腐般的被子,军帽如同遗体一样地朝着同一个方向。"7"俱乐部不同,非常自由。因为自由而又相当的自在。

在"7",男人可能会重复某一种颜色,但不会重复衣服的样式。流浪艺人、行为艺术者、落魄诗人以及地铁歌手都会在各自的时段从城市的各个角落来到这里。"7"的门楣上，经常更换的条幅也很稀奇古怪。比如"今天我们高兴，要跳舞和啤酒"，比如"鉴定一下那个该死的人的肌肉，它长错了地方"，再比如"黑头发和红胡子居然同时出现在一个鸟人的头上"。

"7"俱乐部里安置了一套鼓和吉他和贝司，都是属于"垃圾"级别的那种。荷马第一次去的时候，一把吉他上竟然只有两根弦。后来，他知道了，那些扯着嗓子高喊的人们，并不需要物质的乐音。伴奏的情态走势，在他们心中了。这些"受伤的"男人，有时其实是找不到伤势的，倒是架子鼓的鼓皮上贴满了膏药。

这个季节，来这里的有胸毛的男人，肱二头肌上有文身的男人，一般还会赤裸着上身。除了身躯，他们想不出还可以展览什么。谁西装革履、油头粉面，在这里绝对是要受人嗤笑的。说不定你前脚刚进，门口就已经挂出了"往那个推销员身上吐口水"的横幅。这里的一切都可以被忽视，但千万别忽视来此的男人的鉴赏力。他们可以不知道自己的好坏，但他们肯定能够讲出别人的好坏。

"7"俱乐部的"主持"，曾经是北方某市级歌舞团的女鼓手。她喜欢人们喊她主持，讨厌别人喊她老板娘。然而，由于她的耳坠上一边挂着一个象牙雕刻的"？"，人们都习惯称呼她叫"问号女人"。（据知情人士说，她本来是准备刻第"7"俱乐部的"7"字的。但雕刻师刻成了一个"？"）

"问号女人"告诉荷马，来这里的男人绝大多数是冲她来的。这点荷马相信。她像一个部落首领，坐在高高的吧凳上。灯光只能照耀在她颈部以下。她妖艳绝冷的脸，永远在暗处！她的表情在黑暗中游移着一年365天的光阴。

"7"俱乐部里的服务生也是清一色的男性。有在校的大学生，还有一些无所寄托的外省男孩匆匆的身影。这里不提供烈酒和软饮料。全是啤酒。四季如此。大量的腌制的菠萝条和苦瓜条免费提供。"问号女人"精确地记录下每天啤酒的消耗量以及由此消耗的沉醉的时间，还有胡言乱语。

她只是在说"再见"时，眼角才有妩媚女人一样的皱纹在绽放！

郭可倾传达的那张纸条开始折磨着荷马，他坐立不安，便借口去了洗手间。一到洗手间，荷马急忙展开纸条，看见上面写着一句话："近来特想念江飞舟。"

他先是用郭可倾的口气读了一遍，没有感觉。再用他自己的口气重读了一下。荷马的声音很低，像是自语。读罢，他沉默起来。是啊，江飞舟，这个单薄绮丽的女子呢？

最后一次见到她，是去年的十月。那时，荷马对抽烟已经很是拒绝了。很难想象，一个烟不离手的人现在吸上一口就有呕吐的感觉。她奇怪地问他："你怎么了？"他说："我不知道。"其实在认识江飞舟之前，荷马是不抽烟的！

去年十月的那天，江飞舟对他说："我想回到从前去了。"她停顿一下，然后调皮且认真地说："我们要是不认识多好！"荷马对这一天，是有心理准备的，所以不觉得突然。荷马想起和江飞舟坐在一起的那些时光，都幸福得心痛。

事情就这样简单，他们分手了。一年之中，相互之间一点消息都没有。

刚才，荷马对郭可倾说："我最近天天失眠，可一旦睡着，就还呼声震天的。"她听见后哈哈大笑，说："你老了！"别看郭可倾现在有说有笑的，其实自从江飞舟离开这个小团体后，荷马与郭可倾的接触却是显得有些尴尬的。荷马总是处理不好一些细节问题。比如荷马常常会下意识地去握郭可倾的手，但意识到那不是江飞舟的手时，便会重重地捏捏自己的腮帮了事。

平时，郭可倾很少在荷马面前提起江飞舟，今天她有些反常，用一种奇怪的方式把江飞舟招回到他们之中。荷马知道他此刻必须说些什么，那就是在这里对江飞舟再说一声再见。可是从他心底流出的这句冰冷的"再见"居然还有旧日的温暖，他甚至又感觉到了心痛。

荷马从洗手间回到餐桌前，看见郭可倾的脸上有明显的倦样。问道："你困了吧？"她说："有那么一点点。"荷马坐下，把纸条还给了郭可倾。说："我不敢想她了。"郭可倾再次哈哈大笑起来。她说："你应该把它放回到我的靴套里！"荷马低头，郭可倾的皮靴正在他眼皮底下打着节拍。

江飞舟从前也喜欢这样用鞋尖打着节拍。荷马也喜欢这样打着节拍，不同的是，荷马是用鞋跟。江飞舟好多次阻止过荷马这样的动作，说男人这样很那个。"那个"是什么意思，荷马至今都不完全清楚，估计不是什么好事。说来奇怪，与江飞舟的交往中，荷马改掉了这个说不上好还是坏的习惯。

望着对面的郭可倾，荷马有些恍惚。日子就如同长长短短的句式，开头与结尾有时很模糊。他弄不明白，哪里是与江飞舟的开始，哪里是结束。他在内心轻轻呼唤一下江飞舟的名字，那些芳香还在，深刻地存在着。可一注视到郭可倾的笑脸，刚才的那些芳香又不真实了。

江飞舟离开后，荷马与郭可倾的接触其实也不频繁。也就是偶尔在一起吃个饭什么的。荷马有时还会在一个雨后，坐在窗前触景生情地想念江飞舟。还会成为被她的目光淋湿的一粒灰尘。

在荷马那里，有时缺乏方向的定势，即使不跌跌撞撞也会头破血流。他总觉得如今他还在呼唤着江飞舟的名字，可一定没有人听得见这个声音，或者江飞舟听见了，也一定是扭过头背去身体的姿态。那时，荷马会觉得自己的声音像游魂一样，变成了秋风落叶。

"你忘记了江飞舟，我不能说高兴，也不能说我不高兴，"郭可倾看着荷马的眼睛，"我也清楚，那些曾经连接你们的岁月，早已折断与破碎了。不过，我有时也想，你们说不定还会相逢，听听彼此的声音，看看彼此的背影。天其实是不会老的，地也不会荒。"

荷马把脸转向了窗外。他不想让郭可倾看见自己发红的眼圈。

"不过，你也真不是个东西！让江飞舟怀上你的种，连个歉意都没有。像真的似的。"郭可倾的鼻子里轻轻"哼"了一声。

郭可倾看着自己的手，说："我说最近特别想念江飞舟，没有别的意思。只是想告诉你我，生活中，有许多东西想完全彻底地割裂与绝缘也是很难的一件事情。江飞舟说不定也会在一个安静的瞬间，记得你的心跳。因为你曾经反复说过，你为她跳动。"郭可倾把目光停在荷马有些憔悴的脸上。

荷马的眼光越过郭可倾，失神地看着远方。

"那你是不是也会想念林间鸟？"荷马转向郭可倾，似乎是鼓足勇气地问道。

"哈哈哈哈，他还活着？"郭可倾笑着，"不想他了。"

"那就好。"荷马如释重负又若有所思。

"你走吧！我要忙去了。"郭可倾敲了敲荷马的肩膀。荷马欠欠身体，看着窗外。那时正好起风，晚秋特有的夜色从"7"俱乐部的窗外闪烁而过。

回到家，荷马接到郭可倾的一条短信，上面写着："我的网名不叫江飞舟了，现在叫问号女人。"

荷马回信道："我的网名也不叫林间鸟了，现在叫荷马。"

# 玻璃翠

日子很安静地来了又去。日子里的我们很慵懒，像几枚鲜茶，很容易地沉入水底。皮肤开始粘稠，面色开始红润也开始艰涩。天空怎么看都算不上高，有铅云，还有远方渐渐聚了又散的海风的影子以及海鸟盘旋过后的凄清。一叶芭蕉供奉的水珠，在眼前肌理丰厚的景色下，终究不免地开始"滴滴答答"。

而玻璃翠却开始开花了。

玻璃翠开花的前夕，天狗咬残了昨夜的月。我看见一张背影沐浴清辉，我看见长发起舞，看见你坐在我与方向盘之间，看见你蘸着旧冬积蓄的雪水在我胸口写上"五月"。还写上一道计算年龄的公式。

今天，我去了这个无花果缭绕西窗的庭院。和上一次去，相隔了整整10年。我设想你面向我，也就是面向西南。我知道，你应该从西南的反面来。独自沉思的红方格做的台布上，一杯意大利苦咖没有伴侣。红砖砌成的窗台和白色的窗棂外，黑漆的杉木花架上，新添了几盆玻璃翠。它们开花了。

墙角的老式风扇把光亮切割成怀念的片段,还有空调器吱吱暗响的风口下,烛火摇曳的姿势,如同一段不安的心绪,在加勒比海"SON"的音质中动荡。很久没有这样的清闲和无聊,包括很久没有如此地向服务生讨要一杯杯冰镇的白水。街灯似乎都点起来了,把下雨的迹象照耀得很浓厚。把我的想念照耀得很坦白。

在这个名叫"玻璃翠"的咖啡店里,蜡烛燃烧的味道过于浓烈,以至于我觉得这面包吃进嘴里,会味同嚼蜡。可我还是买了很多。离开那个店的时候,回头看了看那些闪烁不定的烛苗,心一下变得迷蒙和柔软起来。

是我想起离开的那个城市的街道了。街道边上也有一个甜点店。胖女人白得发腻的皮肤在幽黄的窗灯里像一团泡沫。那刻,我总会想起某个诗人的句子,"北欧的肤色上"如何如何。

岁月是经不得风吹的,我在五月的肤色上,完成的一次自我救赎,还不算糟糕,尽管不很彻底。其实,这些都不重要。重要的是,我不再觉得情感必须要神圣面对。可以潦草一些,可以马虎一些,可以任性一些。"任性"这个词很好,下辈子,我要做个任性的人。有了孩子,就叫"任性"。

这个玻璃翠开花的五月,我很少再相信甜美的东西,包括文字。我觉得,那些文字中有谎言,或者,那些句读文字的标点全是谎言。我觉得,如今这个世界,"美满"是种歪理邪说。但我坦白,我怕看见我自己的这些文字。我和它们一样,是漂浮在地球上的微生物,会与相干或不相干的人发生同感,或痛感,或通感。这就是我们生活里另外的一场盛宴。

我们都有这样的体会,偶尔会想起伤害过自己的人。觉得某种痛还在血液中流淌,只是这些都像风一样,向气压低的方向流逝而去,人的释怀也不过如此。我总会原谅,当你给了别人喜欢你的权利时,就别介意这种伤害。它们是对等的,一个是朝一个是夕。当你面对玻璃翠今天的盛开,就也要接受它的凋零。

总有一天,花瓣会落尽。我们也一样。

窗外已是浓浓的雨季了,许多的疑问也总爱生成在这样的季节。我发现西瓜被切开的瞬间是微笑的。我发现浮尘亦如我们的衣裳总要去包裹一些心酸。我发现消息关键时刻总是迟到。我还发现那么美艳的玻璃翠也会黯然神伤。

人行道上,伞,好像山一样地开始盛开。楚楚爱怜的伞骨经过窗前,性别分明地潜行,践踏着五月。践踏着500度的烟灰。梧桐逍遥的枝叶,践踏着返青,践踏着返青。践踏着返青的神智和亮着的窗口。五月是无语的月份,也许它解开的那本来是一览无余的秘密,却在透迤地流失。

好像还有隐约的雷鸣,嫁接着生命里的过往。城市天际虚假的霓彩远没有你美丽,也却可以吐纳成歌!我明白,如果有一处燥热,它在心底。如果有一处阴凉,它也应该在心底。就像是五月玻璃翠的那种鲜红,是激情与爱,也是血与死亡。其实,盛放的花台,只是假设的一尊精致的祭坛,在等待五月过后和过后的凋谢。

玻璃翠,上帝和魔鬼都可以捧起它,递给各自的怀念。

## 灵魂从来都是微醉的

　　就把街边的几棵树看成森林吧！这种假设让我觉得离你近了点。手边的一卷旧报纷纷扬扬里的往事，与我一同孤单面对同一天。好让面对的景色在你哭的时候成为一纸湿巾，在很多的"于是于是"的后面，连缀着不愿终结的你一言我一语。

　　泡开的秋叶，一瓣上的三种颜色，哪一点是初衷和归宿？我的了望单纯且无知。方圆里的花开，是针对木槿的初恋。那假山极为滑稽，严肃得像我已故的外公。还有几棵树构成的森林，在蟋蟀的鸣唱声中，摇曳的尽是秋深的信号。秋深也有的欲跌的苍绿下，我如果双手拥揽了你，那我用什么去抚摸你的秀发？！

　　悠闲的周六和幽闲的城市走廊，只需几听啤酒就可以让它晃荡。一支烟的时间也可以表达一辈子的承诺。我坚信的那点颜色贴近天空，在某个角落下一场雨，湿透的衣裳也就会贴近自己的肤色。悬铃木上炸开的果实，像老式的风扇，曼旋而下的样子，有点痛，有点风情。

　　脸颊般的叶子，被雨水亲吻得点点头。寻找的那个怀抱，在收拢的又一个季节里，如果你愿意，它也不拒绝来自遥远处的一起问候。积木一样的城市建筑，云里雾里地在出没渐渐明晰的体姿，被季风和阵雨洗刷一次后的结果，刻在心上。

刀刻的瞬间，我听见被解剖了的秋的胸膛，一次呻吟。

过路人和车辙，是神秘地抱守秘密的表情。爱语与不尽期盼中的一次握手，虚弱得极为不真实。我们此刻如同站在汛期隔着的两岸，在等待河床干涸的日子。走一次长征，徒步相约的心声，"嘭嘭"而至。想奔跑，想喊叫，想撕裂七窍和撕裂这个秋天编织的眼神，让一切还原成为平面，好在上面支一架帐篷，让我安息。

你毒药与解药一样的絮语，你最大的勇气和我牵不回的娘家，我一生不归的方言，以及找对了的方向与魔盘，还有一不小心触动的你的心房，在阴郁的天下，小心翼翼地丈量花开的半径。我说，最大值在边缘。你说，你假装听懂了。这就是标准的故事了，只是言者唯一，听众唯一。

我两腿交错地打了个叉，不是给这个秋天的评语。我们相互迫害的传说有天会成为美谈吗？没有对错的日子其实真的少有。好在这并不是适合播种的季节，也许种下了一亩苦果，也许收获了一寸甘霖，谁知道呢！可能就是很多的一天吧，缓缓经过的幸福与美丽，也在担心戛然而止。

那就慢些，再慢些。让车轮如同体会一般地经过路面。已经是雨季的路面了，此刻铺陈在秋天纯净的夜色中。经过的东西，在后退，在远去与模糊。夜不是很深，可心情却深了。雨刮器摇摆的心情，在看青色的雨和一样青色的梧桐树干。后视镜里的红绿灯，把今天的这个时光剪裁得安静而忧郁。

这种速度，适合点燃一支烟。左手臂还可以担在车窗的窗框上。方向既然不是既定的，那就不妨朝你的方向驶去。再放一段朵蒙的钢琴曲，流动的音乐里，花儿可以早早凋谢，你应该慢慢地老去才是。我在我的一次猜想中，遇见的那个烟灰一样的心动，在钢琴曲最弱的音符上，张开翅膀。

绕过败兴的霓虹灯、起雾的街道，铁栅栏和旧长椅组成的风景中，怀抱着远方的消息。把这些片段安置在离合器上，每一次提速或减速的当口，我都有了充足的理由。

经过一个藤蔓缠绕的街区，离枯黄不远的等待，毕现了前三个季节埋下的初衷，就少个冬季了。冬季里有烧红的炉筒，和烤香了的面包。还有一壶酒，还有一脸的绯红和无助。像爱情像冬天一样的结局，寥廓而苍茫。夜的钟声隐约而来，我真愿意手捧隐约的幸福，摆在仲秋的呢喃下，化为神龛。

向深夜的方向走去，也是一种幸福！我拖拉的车辙，极为清晰地表白。有些东西不舍得丢，又不可能抱住。只好在游移的晃荡中，融入灵魂和呼吸。我在我破旧的车厢里炮制的心酸与爱怜，被雨水洗刷的过程，渐渐冷透和挥发的情节，不可告人。那就自己记住吧。烂在心里，比穿一件时髦的外衣真实与可靠。

滑板少年和街舞的广场，早已散场。广场灯可怕地失神着。绿地像我儿时的乡村，寂寞空旷。你满满一信箱的消息，被删走的选择，始终保存了最动人的微笑和凄切。亦如夜就是被删减的日子，就是被简洁了的心绪。安息的梦，在醒来之前，没有你我。这个时刻，我们行走在各自的路上。就像我现在，行走在秋雨潇潇的南国。

劳累与疲乏的当间，我愿意把自己架空，还原成一个打结的汉子，继续操练和经营另一个小摊。把一切爱好用文字的格式储存于秋叶覆盖的天底。用气味做成标签，等待来日认领已逝的孤苦伶仃。相信苦日子背后的金黄，也相信你的搀扶以及我的出现。相信今夜的第 170 脚刹车，和 30 公里的走神。相信你起舞的裙摆和秋天的尾声里，歌声真实。

从另外一条路回去，就不会迷路。

月光透过极厚的云层和树叶的缝隙了。穿越的感觉斑斑点点散落一地的心思在秋雨走过后的草地上燃烧。唯一的晴朗的光线，无序地在排列终身依靠。就让我积蓄了一口淡酒的醇香在你的发间弥漫。微醉的情节离开了我身体，上路了！

后来我才知道，灵魂从来都是微醉的。

# 猜火车

重看一张我前年第一次去深圳时拍的照片,又喜欢这种花的紫色了。我甚至喜欢我的血液也是这种颜色。我不知道我为什么那样地了无胸怀,喜欢在这样的颜色下、颜色里以及颜色外呼号。我常常在梦见这种颜色的时候有窒息的感觉,我常常又会在无望的绝念里种满这种颜色。如果这个世界是紫色的,那我们的创口也是由紫色开始,然后渐渐愈合。从生到死,慢慢老去。

而现在,秋天了。很深很深的秋意。

我徒步上班下班的路上,有我深刻粘稠的落寞。我不想自己是飞鸟,我希望自己是一只有壳的蜗牛,吐纳这些清洌的晨露和温柔的夕阳。

我的眼神有些迷离,你说那是靡丽。我的月色照不回我丢失的从前,你说什么都可以抱起,除了诺言。

我如果喜欢上一个肩膀,我会搓揉你锁骨上的裂隙。你说别太用力。我喜欢这个季节的梧桐,有些憔悴,有点哀伤。像岁月如今。

像我的今天有什么不好吗?我的今天,荒蛮的胡须,胶粘的乱发,好在心还蓬蓬。

  我怎么就会这样，陪你在梧桐落叶的季节？在脚步丈量我们间隔的那些年轮下，拉你无力的手？

  妈妈在比我北一些的地方开始问起我的冬天了，说你回来看看，看看她是否又老了些。妈妈说和弟弟妹妹在一起，他们发现不了她的变化。说我一定能看得出，而且是一眼就能看得出。就像她一眼就能看出我的乳名。我说妈妈我很好。我说我很好的时候又有些哽咽，我真的很久没有好好地想起她了。所以，我对自己说，我为什么要用这么多的时间如此地纠缠内心里那些无用也不亲切的事情？

  上个月，听说苏州大学政治系改成了什么学院，这种消息早就有了，只是我才听说，但带来的陌生感，还是让我有种弃儿的感觉，尽管这与我毫不相干。前几日，去苏州约好几个同窗去看看当年的阳台，竟然也有惆怅的意味。大学门口的老梧桐弯腰屈膝，有些叶子已经提前告别了。我想，我等到还剩最后一片叶子的那天，还会再经过曾经被青春粉饰过的街道吗？

  又想和这个季节说说这些话，可不知道还能不能打动它。季节的背影，就是秋天街尾最萧条的那株梧桐，我那双皮靴碾压的秋天的落败，"沙沙沙沙"。我哭笑不得，我哭笑不得的梧桐，在这个午后，说了一些怎样纷纷扬扬的事情？

  每个人的故事都会纷扬在他人的纸上。

  再次要出趟远门，我舍不得我窗前的那支绿兰。它和我一起生活了十七个月，有几根叶子已经折断，我用一条红色的纱巾轻轻围拢着它，看见那一汪绿色，泛着此刻的阳光，内心有些柔软。好在它们不需要太多的水，好在它们应该也可以给我一段宽心的旅程。

  窗下也有一路的梧桐，只是比较单薄。所有的生命都有上扬的要求，我也不该退缩。只是常常的灰心，会不期而至。我总是喝最苦的那杯茶。苦得我痛恨我的一头乌发，它们为什么依然杂乱？

最近在读一些粗俗的东西，那里面也有好道理。有一句写梧桐的，书上说：好看的梧桐是我的新娘，总归会老。

可是，我该在这个季节说些什么呢？面对电脑，头脑一片空白。屏幕还是那个色调，风景依然，却是陈年的流水和云朵了。

手机换了号码，许多来路被拦截在本该来的方向上，偶尔抽烟，无端缭绕。

在那个描述上世纪60、70年代垮掉一代人生活的《猜火车》上，我迷幻那种传说中的颓废与坍塌。我不知道我有无精神，可我总觉得这个世界有毒品之外的毒品。

陪一个朋友去虹口，去看那里的历史风貌区的规划。从外白渡桥过北就是虹口的地盘，老街区很多在改建。那并不是我第一次去虹口，在乍浦路上，我知道了中国的第一场电影就在这里闪亮登场的。我在想，这个世上，我有什么是从未见过与知晓？那么好久不见，于是就显得特别的无情、忘情与珍贵。

可这些，我都失望地遗忘着。一直忙于琐碎的事情，它几乎耗尽了我对这个世界的所有热心和耐心。

台风刹那而过，母亲又着急万分地在电话中问东问西。最近妈妈的话似乎也总是在我耳边刹那而过，以前从没有这样异样的近乎逆反的现象啊。我懂得这样不好，母亲的寒暄其实是她心底的暖流，包容了我多年了。记得有次我戴着近视眼镜和她逛街，她会说：你还真像知识分子！或许她一直认为，我还是个无知的孩子吧。

我最近喜欢上了室内设计，去买这方面的书，天哪，静安的那个书店已经关门好久了！还有多少事情我好久不见了？我问自己。我回答不了，答案或许也刹那而过了呀。就像母亲，以前是个会计，如今，依然镇定专注地看着前方。当然，在她的前方里，我是最重要的一个数据。

朋友们倒是常常约我喝酒，在那个人群中，我才能找到青春和岁月里，那些青涩但温馨的回响。只是那些旧时的美艳日落没有了。

我最喜欢的歌手依然是罗大佑。是的，忽然想到很久不听歌了，甚至很久没有想起有音乐的存在。身体在明显的懒散，由于懒散有些松垮了。偶尔对着镜子问自己：你和镜子里原先的这个人好久不见了。有时对着窗外，那么一点点的风吹草动，也会让我心头产生紧张的感觉。最近总会在眼前飘过那个岁月里的背影，原来也好久不见了。

我哼唱《穿过你的黑发的我的手》的日子，那个梧桐翻飞的季节，也好久不见了！当然也好久没有读到让我沉沦的那些流水般的文字。甚至都没有勇气知道这个世界究竟有多少你我不知的秘密。

是啊，勇气也好久不见了。

# 追梦人

突然觉得,那个赶海追梦的年轻人如同海淤一样,在时光的潮汐里,或隐,或现。昨晚加班,我便用很长的时间去回忆这个青年的来来往往。那时,这个青年总爱坐在窗向东开的桌前,看烟岚纠缠着永远潮湿的海湾。那些夜晚的城市灯火,片片烧尽的余晖在光洁的岩石上方,有风安静地流逝着。流逝的还有我们年轻的岁月。

这个青年人似乎在一夜之间白了发须,变成了我。在一个没有山的城市的地下室里,我与一把吉他相逢,与一个说不清楚的梦想相逢了。在相逢的落寞凄淡里,我依旧看见了它布满尘土的身体。我看见有些陌生与羞涩的E弦,在空灵的泛音中,努力地击溃着灰尘,把一缕假想的月色抛弃得很西很西。我想了好久好久,等啤酒的力气从我的脸上泛滥起红赭色的午夜时,很多初夏的虫子便在地平线上跳舞了。有些微冷。

在我入眠之前,夜飞机经过了天窗上。只是,这个窗口离海很远很远了。远得只剩下飘渺依稀的浪花一朵。谁奔跑过的那截沙滩,被海浪淹没与摧毁的誓言成了生命中的一捧泡沫。还记得一个人，给我后来的日子命名为"记忆"了。窗户外，他看见山有些痉挛。我听不见远方的声息，是海浪还是轻鼾。我只知道，那种冷暖安静的表情深处，挂在我隔夜的胡须上。我于是，可以慢慢地浅唱，那些流逝岁月中的老歌了。

第一次听《追梦人》时，那个青年在海滩上想着无边无际的心事。江南的烟雨，江北的蒿草，等等等等。据说这是写给三毛的歌曲，据说这是写给历史的挽歌，据说，这是一个涨潮的泡沫下，一次悄悄的遗忘与流浪。在迷浑的视野中，我还看见那年轻人坐在树下，向我招手，说："你回不来了！"此刻，我被简陋的地下室包含着。有些震撼的魅惑在引诱我的躯体与灵魂。我说，我被你的温暖包含。那边是否海涛骤然？

于是，抱起沙哑的老吉他，支起生锈的谱架，手抄的乐谱有点发黄。声音落满灰尘，有些走远的声调把一个人区分为青年与老年。其实，所有的旋律，都只是在为那个奔跑着的青年人伴奏，只是在为如今的岁月祈祷。我无限抑郁的窗外，有片年轻的风景在飘扬。我等待一个犹如雷雨犹如风暴的午夜，等待我的双手长出老茧，长出一种类似思念的旋律来。

突然想起一个南下广州的朋友。他应该算是一个真正的追梦人。

他是在电视里看到自己生活的这个城市航拍的风光后，爱上并选择屋顶的。他始终认为，人或物都有美丽的一面，换个角度，狭窄的城市和心怀就会是另一种旷野。

可以把屋顶圈进自家范畴的公寓并不难寻。难的是什么东西可以在屋顶上成为装置。他说，这东西必须是心灵的对应物。它也该有四季。

于是，他拒绝任何精致的可怜兮兮的事物入围。包括精致的爱情和精致的女人。他不需要常青藤缭绕在人为的框架上。碧桃和风信子，那些花的味道太浓的植物，那种改变天空气味的植物和人物，在他的屋顶，没有座位。

他说，任何一个穿过他的厅堂、穿过他的扶梯、登上他屋顶的人们，都无须换鞋，可以带着泥土和辛酸。

带着泥土和辛酸也可以穿过他的心灵。

种上芦苇和芭蕉。那种秋后败落的景象织成的围篱，挂着烂冬的朔风，挂着绕道而行的阳光和张贴错了的月色，以及高过他的眉梢由鼻息幻成的炊烟。

在收集来的带着徽音和吴语的民间遗物中，选一个猪槽养两条泥鳅，让它掀起大浪！他说他喜欢在自己的屋顶上别解谚语和典故。他不会被任何一种光芒击倒，包括目光。在这个屋顶，什么都不能取代他而成为中心。

求购一套旧的架子鼓，在旷野一般的屋顶上，高高在上的节奏和跳舞的鼓槌，疏散寂倦的动作，无序但崇高。他说，再激烈的声响，在峭壁一样的屋顶，其实是无声的。如同尘世的呐喊，有谁在听？！他说，我们过于谨慎的生活，实在是一次次地压抑。真的不必。

那么，谁是他满墙涂鸦背后的那双手呢？越位的线条，突破的雨后，在不设防的屋顶淅淅沥沥飘荡他的长发。

所有的人都比线条离他远。

欣赏《红高粱》里的色彩与气味。有可能，他也要把自己的屋顶铺满秸秆，想象自己迎接星光的样子，倏然多情。他计算粗狂的酒歌走向自己的距离与速度。他已在屋顶悬挂了旋梯和绞索。

这个城市的屋顶被多少这样的人盘踞着？他也会问自己。但他相信，只有一个屋顶是峥嵘而又人性的。绝不是宠物的天堂。在屋顶延伸的城市的天际线上，这个人爱莫能助，对人间。

那盘放烂的旧唱片，只要他还在，就还会为他提供风雨交加和电闪雷鸣的声效。在晴夏和晚秋的夜里，一盏小灯，一副吊床，几只蛾虫，一枚健硕的身体。在真正的天底，在屋顶摊开了情节。

他说，此刻，你们什么都不缺，只缺一双航拍的眼。

1994年我们有过电话，如今音信全无。有人说，他出家了。

# 夏至

我安静地垂脸于你的膝上,听你说海淤是很浅的年纪上用来复印笑容的墨。听你讲过去狼烟散尽的岁月,唯一的夕阳走离岸边的经过。那刻,我惊涛一样的心跳,在你浅浅的地平线上,沿着你的目光。

将来呢?我依旧在我种植水楠的池塘里,打捞我们的笑声。设想冥幻的念头在波光中闪亮。我听见南方海汹涌过你浅浅脚背时的声响,已经走远。

我一如走上风口浪尖的那支桅杆,在海与海交会的海面上徘徊。进退两难,亦如我无法兑现的对你的追逐。

捕海的季节,鱼虾在浅滩。我也是浅滩中的鱼儿,守望你的碧野朱桥。把我当成一棵树吧!在你天天驻足可以看见我的地方,并列与看齐。

那个地方,站着今夏最短的夜和最长的眺望。那些最悠长的云朵呵!

你就是这云朵下最鲜艳的花开。晒烦的太阳一直不阴,那个冬天全是晴朗。你就是这晴朗里，最风光的影子。每一次昼夜交替你都会失望，你说夜应该更加漫长。你就是这漫长等待里，半悬在岩缝中的香尾草，迷惘失落的走向，在风中晃荡。你的孤单，是一种奇怪的片段！

你把等待写成歌，让海鸟在唱声中起舞。你把等待，想象得很美，你说，最美的那个等待即将来临。终于，可以找个晴夜，让你的笑声经过我欢快的池塘。

这是个走得越远离你越近的感觉。可我们只能这样，站在低处。让酒一样的泡沫漫过眼际。满脸有泪的感觉。

后来，我终于明白，四季只是一个窗口，有你灰白色的胡须编成的帘子。可看不清的视野里，你那年迈的脸庞，依旧漂亮。

起风后的路上，你也有古老的雨意在生长。身下有死去的船，盛着旧年的落叶。我想起你最初出生的岸上，有一代代鱼儿游走的身影。

早茶太苦了，苦了一路的汽笛还在耳畔。风，在怀旧，伙伴们在另一角度站着。也在叹着气，抑或也在与你私语？

还记得那个冬天，我们天天要渡海。要去小岛上晒太阳。那年的浪不温柔，每一滴溅起的水珠，都是伤人的流言。要去晒太阳的小岛，阳光灿烂。金色的沙滩，礁石突兀嶙峋。星星等待出没的长空里，全都是走动的云。

那刻，我发现，太阳是白色的面孔。

我发现，沙滩是白色的面孔。

我发现，生命是白色的面孔。

于是，肩与肩之间的距离才变得久远。于是，缠着绷带的棕榈，才显得亢奋。于是满口袋的胡言乱语，才开始昭示彼岸的宣泄。

所以，在贴了很久的窗花上，灰喜鹊才从故乡的方向，飞来夏意渐浓的消息。所以不落的眼泪，才在冰点过后的微温里，把初恋的心悸映亮。

我常常在想,在自己照顾自己的日子里,还有没有鸽子为你飞翔?抑或只有风雨交加的阳台和那支不知名的歌曲?

我们今天共有过的这个空间,如同缱绻在墙角的一把吉他,它唱过了谁悠悠低回的年代里所有的青春故事呢?

多年的漂泊,上不了岸的礁石变得慵懒了,看不清自己的去向。无序的时空里,酒后的城市也在摇晃有过或未曾有过的痛楚。

今天,我在新的城市丛林中穿梭,在没有你任何影子的人行道上,在电梯敞开后涌出的陌生人群里,以及无数个没有季节的天桥上。我只有一个人在独行。

雨,早已经飘过。你守着的窗口故事,在雨中被稀释得只剩下一点点无法删节的梗概。曾经也是被青藤缠绕的墙面上,岁月曾经刻划的相约的暗语也褪色得难以辨认。

在生命的下一个轮回之前,你可以闪亮那退伍的幽亮。

我们可以偶尔想起,但不要等待了。

# 苹果和数字时代的爱情

照相术诞生后，没有一个画家可以比照相机更能再现一个逼真的苹果。那些可以把人物的脸部皮肤微孔都能精确描绘出来的画家，他终于只完成了一件大事：成为了一架写实的机器。无论你冠以这样的画家怎样的称呼（比如"超级现实主义"），都不能否认他们的这种劳作是无意义的涂抹。就如同爱情，你越是想得到精致的爱情，你也就越可能是远离了人的本质和本身。

世界物质化的急速发展，身心枷锁的解放，活生生的爱情于是就来了一次彻底的溃败。也许可以这样说，封建社会的解体，爱情也就寿终正寝了。现代人类学家只剩下一件事情可以做，那就是意淫生命和编造爱情。一切可视的媒介提供给我们的爱情，无一例外都是虚假的。所以，从这个意义上讲，我理解苏童和莫言们，他们为我们提供了这样一个信息，爱情在裹小脚女人的时代那里就终止了。在西方，爱情在高高的发髻包容了巨大虱子群的中世纪也就终止了。

当然，我这里说的"爱情"是"作品里的爱情"。我敬仰那些平凡的饱含人间烟火的真实的个体那种不动声色就轰轰烈烈过的爱人们。他们把爱情就当作爱情，而不是其他。不需要说教和指点江山。他们把爱情简化成两个字：想，要。如同苹果就是苹果。在他们那里，爱情没有阶级的窗帘，没有地域的温寒，也没有虚假的自己都怀疑的口舌。用肌肤相亲的瞬间产生的第一感维系爱情的全部。

时下的爱情介质充斥着我们的眼睛。在我看来，张艺谋的电影杰出的贡献就在于他坚守的初衷，那是爱情临死前的模样。可近几部影片，《英雄》和《十面埋伏》只能给我们留下这样的印象：他一辈子的殚精竭虑，结果是让他最终完全认识了几种颜色和几种兵器。

再有顾长卫的《孔雀》，它用其中一个弱智的中国青年打动了一群弱智的外国人。用一段痴人说梦的语境讲了一个早已不在的时代和那时的爱情。用一顶降落伞纯洁地为那个年月避了孕。同样地逃避了现实。

我们已经到了用DNA检验苹果基因的时代，我们没有时间和兴趣去研究作为人的我们与作为苹果的苹果相接触那个瞬间产生的关联。我们也就更没有时间研究数字时代的爱情与苹果的关系了。

我指的是这么一件事。小仲马认识并爱上了一个女人，某个秋天他送给她一只苹果。他对她说："希望明年秋天还能看见它（苹果）"，她满脸惊讶，回答道："明年秋天它还不烂掉啊！"她说的一点没错，她说错了吗？而我们的教科书却说"粗俗的女人不懂爱情，不懂得小仲马是把苹果当做爱情的象征送给她的"。太扯淡了。谁要你的如此繁杂高深的爱情呢？况且还是象征的。远不如送一个不会烂掉的苹果，比如是黄金做的更让她觉得"爱情"的存在。在作家的作品里，再精致的女人其实都是粗俗的。只有回到日子里，才能找到情致万分的女人。

或者是另外的一件事。当一位伯爵从南美带回一株西红柿回英国时，全体英国人民没有一个知道它食物的属性。被当做观赏植物种植在女王的花园里。此举表"示爱"。此物遂叫做"爱情的苹果"。苹果和爱情的苹果都成了滑稽的象征,爱情于是也可以按斤论两了。那位第一个把"爱情的苹果"吃了的家伙,倒的的确确给英国甚至是整个欧洲带来了经济增长点,远比"爱情"让女王来得欢颜。

所以,数字时代一切作品中的爱情,也只是一只被削了皮的苹果。不论涂上什么颜色,我们都有办法指证它只是一只苹果。没有任何理由要去想它的象征。数字时代的爱情只是快餐的一种,可悲地排在"麦当劳"和"肯德基"之后。人们甚至不愿去埋单消费。当"爱情"非经典地批量化地换个外套地出没时,数字时代的爱情也就是一堆垃圾。

谁动了夏娃的遮羞布?伊甸园里是否也有苹果不重要,要命的是我们已经知道了苹果的全面从而苹果不再神秘。神秘感神秘地消失,爱情怎么可能还在?如果你还相信数字时代的一切作品里的爱情,那你一定是一个受过文艺和情感教育的人,碰巧又不是一个理智的家伙。当然如果你还记得一些罗密欧与朱丽叶的对白,或者雪莱和惠特曼的诗句,那更加好!因为你可以用它们来骗你自己。

数字时代所有的作品,还有一个功能。就是你能够尽量把自己说得接近人又不全像人了。人类都成了一个曝光不足的影像模糊的苹果。

只有可怜的象征还在装神弄鬼。

第四辑
北窗如烟

——如果可以覆盖,我愿意撑起一顶帐篷。在那里重生,且开花结果。

## 燕子的光芒

在多好的阳光闪耀前，霜把一夜积攒的美丽铺展在草尖上。我知道，微冻的霜的边缘，会渐渐融化成水，在土地里过冬。受冻的叶也如同脸，浅笑已被悬挂在了旧年。无花果树纷杂的枝条亦如相互拥抱的情节，有些瑟瑟，有些不知所措。可你却把最绿的那枝叶子，给了昨夜的风，把满眼风景纠集的暖意，给了一双手。我记得泛滥的霞霭般的灯辉，在一处告别的道口，目送一枚春天一样的背影，在浅草夹道的幽径上款款行进。你可否放慢一点脚步，让我在一朵鲜花的背后，迎接新年一样的你。

那些会开紫色花的灌木依然绿呵，只是因为有了根系，它们无法越野了。它们还无法选择背阳洞开的朝向，也只是能用手掌一样的叶在风中轻轻挥动一场告别。令人担忧的季节，还能等到春暖花开？搓搓手，在自己的脸上捂热一次爱怜。在啼饥号寒的岁月，你还能如水杉一般的清秀挺立，如伞的样子。远远看见的眉梢下，一只眼睛没有看见我，另一只眼睛也没有看见我。却看见霜重了。点燃一支烟，燃烧一路的孤单和冷清。感觉一双手可以牵着我，可以从后视镜中寻找离你的距离。那双清澈的眼睛呵，有我饱满的在角落里独自地的等候，和经过的那次慌张。我多想捧起你分明的脸颊，亲亲上面的月光。

剥开的橘子，那皮像我的脸皮，那果肉的剖面，像一双走在地毯上冰冷的脚印。而生活里的皮肉以及它的剖面，被谁放在了尘埃落定的窗台上。远方大厦的塔顶上，闪烁着2005年最后几次的日照，那即将归于零的日历，也终将成为几页废纸。如果我可以再次成为一个孩子，一定在你树下的秋千上晃荡。等待你出生的那个黎明，看一片祥云出没的地平线上那遥遥的消息。各自的温度和手感，从鸟鸣莺啼的归路上收尽铅华，收尽满眼看去的你的风华，也收尽一场缠绵和唇语呢喃。

被阳光抚摸的窗将光亮投射到对面的北墙上，那窗框的影子，如同一个曲折的十字架，插在心头。时光推移，心的负重要旅行了。只是，我不知道，心的哪瓣是柔软，哪瓣有坚壳。百无聊赖得失去了知觉，失去了晴空万里！去冬天的深处吧，看凋零的一场过去，看冰封的一次怀想。看我们的脚步在穿梭忧愁和梦想般的冻土。有许多的回响在耳边凛冽，还有手指与键盘之间的空旷里，我们的思绪渐渐丰满。你用这个冬天最暖色的落叶为我编织了罩衫，却用一地的阳光熄灭了世界的眼神。

那处盗汗的冬日，你领口下血色惨白的过往，可以触摸的神态在远方沉默了，恰如一地的霜重。还喜欢听那首歌，旋律如蛇舌，妖毒万分地接近一朵流浪的蘑菇，飞蛾的帐篷，是故园，是最后的火灰，是霜重的颜色。是一次结满橄榄的灯树和原野。我喜欢的你的眉毛与心思离我多近呵，看你的午夜，真想把天空揽入怀中，成为我的皮肤，摆放在我的心头。

你是燕子的光芒。我知道我在初夏在初秋在初冬在初春的气压里，我目光企及的你的屋檐下，有燕子的光芒。那谷物一样的长发，是我这个冬天最好的收成。我储藏一片你的气息,夹在我即将翻开的第又一个岁月中。多美的书签,在期盼一汪长久的凝望。我也想储藏一脉血与血的碰撞,有燕子的光芒,去成为这个冬天最厚重的响声。

这个冬季是一场经久的睡眠,是一方轻苇惆怅,是一闪燕子的光芒,都是我欢愉重生的张望,在呼唤我冻土解散后撕开血管时那凄美的花瓣了。你就如同燕子的光芒吧,让我在你剪开的麦浪里跌跌撞撞。来我的沙蒿编织的温床上,喜欢你开满歌谣的篱笆,插着迎接的花,说着迎接的话。我多想我是一次日落,让那干干净净的余晖在你的皮肤上渗出干干净净的红晕。我希望在你额际我眼神的覆盖里,真的有一处燕子的光芒。

# 行走在江湖之外的驿站

黄窝是个什么样的村落呢？

当东方绽白，烟岚开始散去的时候，那些个云里雾里的座座山居，在村口一排排风情初长的水杉的掩护下，极轻松极轻松地苏醒着。

所以，我也肯定知道了，迎春花明艳地展示在山溪入海的垭口，是一片什么样的眼神。

朝着车窗外张望一下，就可以看见雨季的身姿正向你靠拢逼近。山巅也被雨雾笼罩，那是很特别的风景，被迷雾遮盖着的其实还有很多很多。那刻，我看见一坡的苍绿，它们都是疯了的生命。也只有疯了的人，才会在暴雨如注时，在岸边把自己想象成一棵树。把自己想象成没有名字的树时，他就不会清醒了，也像那些没有约束的野树，执迷不悟。

后来，我真的嗅到了这种气息。因为，城市已在山的那边。心灵的疲惫与无奈，连同市井生活里的种种困顿，也都依附在城市失神的睫毛上，丢在了山的那边。

走近黄窝，她的美令我窒息。黄窝不仅仅有高山的依托，而且还直面一泓深情款款的海湾。山脉苍翠的接纳里，鸥鸟翩翩的身姿，早起的渔歌，走向日出的方向。那安静的连摇橹声都能入耳的水汽和雾霭氤氲的视野中，我们拥抱的，似乎只是心跳。

我想，如果这个世上真有什么"恋山、恋海情结"的话，那么，我更想知道，黄窝人又是如何地不左右为难的？

于是，我这才懂得，黄窝原本就是一枚修炼在山脚的海贝。它坚实而又柔软地吐纳了一个地方的历史。

黄窝，旧时称凰窝，相传是凤凰出没的地方。海龙王唯一一次的登陆，威风凛凛，探山观海的步调，就是在这片海域前失踪的。凤凰相迎相送，黄窝终成驿站。龙爪和凤脚的缠绵，已过万千年，然而，我们还继续用一种崇拜的姿势，惊艳着我们的这次旅行。

我设想有一天，黄窝的海岸，闪电一般就在前方招摇，那些委蛇并且充满弹性的白色光芒里，有飘来飘去的黄窝的味道。也设想黄窝的一个闲置的老宅，在雨中飘摇。或许有一天，老宅门旁的砖墙上，一个客栈会挂上"行吧"的匾牌。在风雨之中，为你开门递伞的或许就是我。

歌唱得累了，肩头有了分量，那些歌词，那些蓬勃的忧伤缓缓地流淌。别人的歌，有时也会讲我们的故事。闭上眼睛，铅云笼盖的天际，来路不明的风，华灯初上的街道，十指相扣的从前，背影，还有深夜里的丝丝月色。它们安静地浮现与消失。浮现与消失，就是来自内心的审判与救赎。那是世上最真实最强大的力量，真实到可怕，同样也强大到可怕。

那么，我们是寻找可怕还是逃避可怕才来到此地的？还是仅仅就是来听山海交接的耳语的？或者，我们只是来体会起风时，为谁披衣的那种楚楚怜爱的！

史书记载，凤凰的世界里，争风吃醋、反目成仇的悲剧真实上演过片刻。山风海啸骤成为葬歌，陈尸遍野的沙滩上，旧日的情场，萧瑟得如烟如魂……今天，在黄窝的回龙坡，"龙凤"演绎的千古传奇，还在我们的落寞与寂寥之中！

再也没有凤鸣凰舞的"凰窝"，因为这场悲剧，改叫了"黄窝"。一直至今。这样的悼念，写在任何一部史书里，都会让人遐思绵绵，肝肠寸断。

再后来，盛唐的中国来了。那个王朝的王者来了。黄窝又多了一处胜迹。站在皇古洞口，我们便踩上唐朝的脚印了！洞的左侧，壁立千仞，上接云霄，远远望去，宛如一帧没有上轴的册页。可盛唐的诗章并没有写到这儿。它像一个曾经的英俊少年的面庞，在历史的烟尘中老去，老去成一张黄历。

我问自己，那些许风干的枝叶，究竟落于哪朝哪代？也尽管我无法考证出李世民在洞中石床上休憩过的时刻，是如何锈迹斑斑的。但我还是感动于李世民东征的剑锋上，沾染过的那三滴黄窝的叶汁。

一滴洒落了一个时代的生。

一滴洒落了一个时代的死。

最后一滴，洒落在了一个美人的眼里。多美的美人啊，她让一个王朝得以继续地苟延，又让一个故事可以不朽。不绝于耳的流传里，声名的永恒，有黄窝的铺垫。对于我们这些游客，难道还不够吗？

这是最早的黄窝的历史场面。在这个驿站，你可以看见三个太阳，天上的，海中的，还有李世民心中的。

如今，这一笛横流的愁怨，变得依稀。那玉人，长发和黑衣，裸露的额头和肩头，承接过的冷香瑶席，也变得模糊。那个柳腰蚕眉，脸似红萼的时代，也结束了近千年。

再后来，我们来了。因为，我们相信日子里藏有幸福的暗语。黄窝临山接海的气度和景色，有无数的东西值得寻找。

寻找独酌的杯酒、驿边的眺望和冷光艳寒的剑锋；寻找漫卷的诗书，砚下初结的薄冰，以及庭花烂漫、葳蕤翠华的故园；寻找烟波淡荡的窗外，山低雨重的门里，那看一眼要哭出声来的哀怜；寻找谷口春残，万里咫尺的牵手中，青琴醉眼的夏至；寻找吉日，那个披红待嫁的你……

终于，黄窝成了我行走江湖之外的驿站。

真想把自己也变成一块石头，有海一样的颜色，像历史的瞳孔，匍匐在山的一隅，任天地造化。真想让你也成风景，把黄窝的婉约和秀丽，以及躲藏在翁郁的绿荫下的舞动，粘贴在你的肤色上，让我用心地触摸。

触摸着一次次变化，一次次的迁徙。从历史的这头到那头，从城市的这边迁往另外一边。窗下的风景，那些摇曳婆娑的花花草草，马上也要成为别人眼中的动静。好在喜乐哀怒，全在自己的肉身里，终会燃烧成灰烬。

我不知道十年前我准备去哪里，也不知道，十年后哪些地方我永远到达不了。只是依稀记得，在黄窝，今天，海水快漫过堤岸了！

## 夜色苍茫

冬天的雾弥漫起来,街道好像是枯干的河床,行人不多,可我与这世界的话语也不多。

1999年已经开始了。我想不起一年前我在做着什么。我猜不到,一年后我又会如何?我不知道一年后,我与这城市、这灯海是否还可以会面与接见。当然,我不知道那时,我是否已经离开,已经走远。

我没有回头。我知道,没有任何人会站在我的窗下,等我点灯。

我决定出去走走,在风下,漫无目的地走。灯光阑珊里见到了梧桐。见到梧桐的样子,就见到很深很深的冬季。再后来,预感到明天的降温,我下意识地离最亮的灯近点,借点温暖。

这一柱灯光多美呵,那种温暖的样子,山海交接,如此地长久。在它有一天黯然失色的时候,那美丽的体态呢,最终必须经由一个被它照耀多日的手,拧下,然后丢弃。它是幸福地走开的吗?

但,那光线是走不开了。细语和灯光照耀过的日子是走不开了。即使幸福走开了,还有痕迹呢。

在它的光线里，我看见了多少张张望的脸和多少个面对面的远方？我们用文字的稻草打结搓绳，希望捆绑对方的哪怕是一瞥。我看见一个不厌其烦的自己，在文字的水面之下，布满情态的铅坠，让暗藏的钓钩在丰肥的淤泥里等待，等待浩荡如鱼群一样粘稠的呼吸出没。

后来，这汪灯光只照耀我小居的这个城市了！当风从我冷冷的脊梁上经过，那汗的轨迹的凹凸里，我把它想象成一条条河流了，我可以去，你为什么却不可以来，我们不是有摇橹和长篙吗？

有时我也会拉上窗帘，把窗外的灯火熄灭，让夜半的钟声偷袭我的桌面。让席卷而去的烟找不到归宿。让两天变成两年的笑谈真的感动我一次，一次就够了。其实，这城市已经感动我好多次了。

你沉稳的姿态，让我有了视觉和背后的美感吧！看见松林和山岗的融汇中，这般模样的城市，沿着灯光的边缘。孩子一般的笑容，沿着灯光的指示，灿烂了。烟的家族被我和新的午夜拆散。竹歌吹愁，我吐纳的酒香终究醉不了我的痴墨。我用醒着的字迹写出的梅间冷语，看不出丝毫的曳扬粉拂。

我必须记住的风景在视野之外，在一路的过往里，一截一截地填补无尽的旅途。还有声音，话语很柔，笑声很浅。这个城市咬着嘴唇，可依然关不住笑意。我看见了。

仿佛听见你说：你有一对翅膀多好，在好远好远里来来往往。

事实上，我舞蹈的苦海，在旅行的童谣和百合般的笛音里，去了远方。去了夜不能寐。

其实，在灯光之外，我就无语了。自然光线我觉得最不自然。我失真的笑容和失真的拥抱，常常言不由衷。我幻想有一天，我抱着这个城市起舞是在灯光里，在风里。我游荡的天堂，宽广且沉着。

我们，安静如初。

打开电脑,等滚动的画面一张张经过,我记得那里有一张被我剪裁过的这个世界最初的样子。

世界最初的样子,并不是灯火点点。

# 离谱

今天有几个刚毕业的大学生来看我。一晃四年的光阴飞快地就过去了。我们因陈小健而相识。小健也死去四年了。那个未成大气的摇滚青年，从洛阳到北京，再终了上海。我知道，他还在飘荡。他是我认识的唯一刻写过文字的朋友。刻写在吉他的背面：生如弦，独自成长。

据同学们说，在她们看见这行文字后，曾经建议小健的家人把它雕刻在他的墓碑上，然而可惜的是，她们得到的答复是：按小健家乡的风俗，没有成婚的人是不配有一丘带墓碑的坟冢的。

几年前，我和他在一个病房时，他肌肉萎缩得已经拿不起汤勺。他刻下这行小字是在什么时候呢？不得而知。小健死后收留这把吉他的女生，如今也要回宁波工作了。她说，这四年这把吉他一直放在她们寝室的床底下，也从来没有注意吉他的背面有这样的文字。这次整理行李时才看见并倒吸了一口冷气。她们不相信小健后来又从一个未知的地界上回来看过她们。

他，就是一个"简单"的朋友，一个给予快乐和怀想的朋友。他一点也不复杂,就如同吉他的构造。那些已经断了的琴弦,和鸣不了人间的风声雨声,却常常能在心底泛起涟漪。同学们玩笑道,她们至今还记得陈老师的手机号码。这个他在人间最后的一行曾经可以聆听的数字让她们伤感。

收留吉他的女生们说要把它给我保存,我对她们说还是你们把它带走吧。它曾经让你们对音乐有过无限的向往,甚至你们其中的一个或几个还对那个曾经也是风华正茂的小健老师有过暗恋啊。你们的拳拳小心上有过弦丝震荡的痕迹,我没有,所以我不配收藏。

我有一把吉他,有些年头了,是"文革"期间生产的,当年是出口产品,名字叫"蜻蜓"牌。我是从苏州一个旧货店淘来的。当时那家店里有很多的乐器,全都蓬头垢面地堆积在一个不像样的角落里。如今它跟我走南闯北有25年了,期间搬了9次家。吉他真是一个好朋友,在年轻时,或者现在,很多心绪都可以通过它繁衍成无数个季节落荒后的悠扬。我常常用它来制造一些破碎与断裂的声音,怀念那些破碎与断裂的情节。

后来我又陆陆续续地添置过四把吉他。最近的一把是去年底购置的。是一把印尼产的民谣琴。但不论如何,那把老"蜻蜓"都还在伴随着我。尽管它现在更多地只是充当了一件装饰物,在一个有花草的角落,失神地倚墙而立。看见它在流淌一些老歌,歌唱一些走散与失踪的清晨与黄昏。唱一些花香的味道背后,我等待过的所有时光。就这样静静地沉没了,沉默了。心底暗藏的关怀,像个失宠的孩子,失去了链接。

闲来无事,会和它对视片刻。也会和它说说话。说中午的那场雨落下前,我是太阳下的孩子。我告诉它我和别的孩子不同,我在追忆一些他们还不清楚的事情:关于一个人和一个蝴蝶结。我知道,一个人是一个曾经可以触摸的人,如婉约的雨痕和月光。而那个蝴蝶结,则是我发黄的旧笺中,最初的春天。

当有月亮经过我窗前的时候，我观察到它色彩的变化，有种暧昧的暖色在弦枕上泛音一样地空灵地跃动。它不再乌黑的琴颈上那些指痕，抹杀不了岁月的印记，许多过往类似长久未校的琴弦，有些偏离音准，有些失真和锈迹斑斑。记忆中轻巧树枝一样环抱的手臂，在一个人和另一个人的老街旧巷抚摸过脚步未曾落定的那对孩子，也旅程遥遥，不知归期。记得最暗的那颗星星，在琴身上的月色深处，如同在一汪积水中眨过眼睛，眨过如水的低吟。

现在想想，它最多歌唱的是落花与流水，是那些枕着哀怨的汽笛，是一个人如何沿飘摇的河去了秋季。而那个在琴弦上舞蹈过的蝴蝶结，却用最后的翻飞变成了落叶，变成了潮湿的诗意和想家的时候，变成了浩渺中不明不白就死去的船。那些欢快，少之又少的欢快浸泡在橘黄的它的肤色里了。在中午的那场雨落下前，它也是太阳下的孩子。和别的孩子一样，也希望一个右手和另一个右手一碰，长出缠绵的芽。

可是，我和它一样，怎么也记不得曲调与歌词了。那些我们喜欢过的歌谱在远方了。谁还会听见它们的歌唱？谁又能在微醺的午后，把懒散与冗长的时光简化成一杯清茶？这把老"蜻蜓"记得的是哪些可歌可泣的日子呢？那次，我和一个朋友聊天时，我都没有记住对方说了些什么，只记住笑容了。现在，我终于明白，生命的最后，一切的最后，能被记住的都只是些打动过岁月的图像。比如笑容。

那么，就算是离开了乐谱，总还会有一些旋律在岁月的汪洋中漂浮。断断续续。

送走几个学生，看着她们的背影，我想，以后，以后的以后里，还有什么缘由会让我想起我的那个叫陈小健的朋友呢？

有机会去洛阳，我想我会在暮色苍茫的时候去一个乡村的山脚边去看看他。我要去把心怀上的那些繁缛杂念，用一次悼念终结掉。哪怕最后无法实现。

## 古城平遥

去平遥的决定很突然。

当飞机开始夜航时,我还有些不太相信。右侧舷窗十五的月亮引得前座一阵惊呼时,我才确信。多少年没有仔细看看月亮了,看到如此清亮的月色时,心里不免一颤,的确,现在的我们抬头看天的时间实在太少了。

此行总觉得昏昏沉沉。开始戒烟的我又重新抽起。期间似乎还中暑了一次,双脚无力的感觉伴着呕心的感觉在晋中大地上起伏。去过云冈石窟、五台山、祁县、平遥,标准的走马看花,全如同一连串无序无意义的符号,连缀着来去五天的过程。

归途的闭目中,我却有些写文字的冲动,这实在太出乎我的意料。我好像很久没有这样的冲动了,20年前有过。谁说过,旅行让人年轻?你看,我身体的某一处不是回到20年前了嘛。打开电脑,冒出的只是"平遥"二字,那就说说我眼中的平遥吧。

1370年建成的平遥城墙,把平遥概括在经纬分明的格局里。我们就是这个格局里一枚枚走动的棋子，在历史的幕墙下行走着一行行败笔。那些把平遥走成经典的人，早已作古。如果我们把我们表情中那些敬畏的成分去掉，就能很好地解释什么是"行尸走肉"。这个传说中为龟身的城廓，今天有着若干的中华之最。正如联合国教科文组织对平遥古城的评价那样："平遥古城是中国汉民族城市在明清时期的杰出范例，平遥古城保存了其所有特征，而且在中国历史的发展中为人们展示了一幅非同寻常的文化、社会、经济及宗教发展的完整画卷。"

在我国现存的堪称珍贵的木结构建筑中，镇国寺万佛殿，早于我出生整整1000年。从963年起，殿内供奉起彩塑，它是后来的中国彩塑历史的渊源。建于北齐时期的被誉为"中国古代彩塑艺术宝库"，存放宋元明清彩塑两千多尊的双林寺让我眼花缭乱。所有的男人似乎对与艺术沾边的东西都有着强烈的好奇。我也不例外。因为我知道，那些花花绿绿的泥塑阵营出自男人们的手，如同他们捏造的历史。

看过文艺复兴时期欧洲的雕塑，再看看这里的，我有一个强烈的感受，就是我们的雕塑，它们的裤裆里总显得有些空荡荡。我们的雕塑好像很多都是成群成群的，动辄成百上千。数量多并不总是好事，就如十三亿人找不到十一个踢球的。原因在于，我们在塑造我们的关键部位时总显得不够努力，或者草草了事。

在平遥，我没有了惯常的惺忪。居然开始思量起那种极端自闭的城廓。极端自闭的城廓说明历史上我们多么的心虚。那种历史教科书上的语录，经不起推敲。平遥古城就是对中国封闭自守的历史图解。吃惯了开放样式汉堡和三文治的外国人也纷至沓来，恐怕就是怀着"中国人的饺子馅是怎么被封闭到面团里边去的"这样一种探究心理吧。

想到那天在城隍庙门口的那个幻觉：我剃了光头，披着袈裟在门口迎接我的妻女。我很少看见琉璃瓦做顶的城隍庙，我突然感到有一阵强烈的西北风把承德某处窑里的碎片用人为的力量吹到了晋中。平遥必定有过一次奇思妙想，让这里的城隍庙与中国皇族史有了一次关联。在这条捷径上，写满牵强的瞻仰。

我尤其喜欢这里的民居，在可以迷失方向的居宅里，我可以比朽木更能成为栋梁。我也可以让自己的历史，如青砖一样，在需要的时候，随便破裂一些皮肤就可以露出新的疤痕。当然，号称"天下第一号"以及"汇通天下"的"日升昌"票号也是我必须去的地方，可惜它不能满足我现场作业的念头，那些繁忙的作业和财富流场景只能在电视里虚拟，它们是很值得我怀念的为数不多的历史片段。

那么，现在的孩子在平遥又得到了什么呢？我问我的女儿时，她极为逆反。"你能不能让我什么也不想？你怎么也跟老师一样，不会让我写什么游记吧？"她一股脑说了很多很长的话，说得我晚上的酒精在脸上泛滥。事后我想想，她好像只说了一句话，就是她在平遥得到了一件奇怪的东西，一件叫做"快乐"的东西。

是啊，对孩子而言，去什么地方不重要，重要的是不背起沉重的书包就已经是难得的快乐了。所以，我一直没有对女儿说起，平遥古城城墙上有七十二个观敌楼，墙顶外侧有垛口三千个，它源自孔子有三千弟子、七十二贤人的传说。

那是因为我怕孩子们会因此联想起学校而大败快乐的心情。尽管我非常想告诉他们。

# 娘子关

枯枝烂叶的季节还远，趁天黑多走几步，把开门前的开心收拢在袖口，让汗的味道把关门时的关怀再腌泡一回，好让我两眼有泪的感觉。想你远远近近的身姿，在啤酒泡沫的边缘起舞。那个扎着辫子的姑娘，还在东张西望，还在燕剪波纹的轻盈里浅唱，还在一万里长的长城阵列中，号称着"第九"！

后半夜才有的微凉以及路灯失神的光芒下，有幻觉中萤火走动的天籁。我也隔着一万里的愁怨和你握手。你的体温就像测谎仪，我们无语的顾盼的背后，起风了，下雨了，打湿了。

可是这场雨最终没有降落。所有的所有，都在炎夏沉闷的晚钟里，以渴望的姿态，等待。等待昨天或明日燃烧的光线，披上你清凉的外壳，在华灯初上或灯火阑珊时，随风潜入。那么，风呢？

我鬼魅一样地漫走并且绕你而行。绕你而行的地点，像个坐标，丈量你我越来越远的距离。还有愈行愈近的可能吗，如果必要？我一袭黑衣消融在夜的底色里，只有嘴角的烟缕，迈着人一样的步伐。但也苍白了。绕你而行，就是绕依山傍水的关口，燃尽晋冀日晖。

在平阳公主居高临下的裙摆下，我一身戎装，左手握着"空虚"，右手提着"0"。我只有这两样礼物，如果你接纳，并出于真，那我还有勇气去寻找你依门而立的爱情和远去的狼烟，我或许还有勇气去缅怀我自己或明或暗的初衷。

萧萧琴声也老了。老透的琴弦像我的胡须。离家出走的冲动也老了，远方的爱情，诱人却失去引力。就这样躺在磊石上看看天吧！我已经背不动长大后日记里失踪的情节，尽管一场雨和半场漂亮的爱情就能胜过那来历不明的 24 台石磨。那又何妨？！

那晚，冬青做成的篱笆外，夜行车落魄的近光灯打照我的背影，摔散的影子就是今晚摔散的故事和故事里我们摔散的语录。历史上曾经真切的声音，爆热的话筒，还有敲击得有些颓废的城垣，在冬青做成的篱笆外，铺垫在没有掉头标记的直行道上，义无反顾地走远了。是谁碾压了我们的从前和如今？

你留在我心口上、手背上的刀痕，比有留在史书中更加深刻。那时，多么的轰轰烈烈。我把刀痕视做文身。其实啊，我也把轰轰烈烈当成轰然倒塌的前奏与序曲。其实啊，我也把伤口看做了一个深渊的入口，当成历史给这里留下的一方吻印。其实啊，我们极其简单，远没有我们向往的那样多情与复杂，远没有比岁月更缠绵的生死相许！

我们远远近近，长长短短。光阴的沦落里，谁愿意抱残守缺？历史有时候也是一种深入骨髓的病态的呓语，哪有你以及你一辈子微睁美目的风光与定格。一不小心，所有的站立于挺拔，统统都偏离于今天以外。

在岁月以外，在情爱以外。我们目不转睛的对视，在好几个世纪前，已经遭遇了雷击。

而现在，此时此刻，我又无比地渴望雷声与雨幕来遮掩我的心虚与难堪。因为你我的距离，比我目测的要长。长长的路上，写满着难忘或不难忘……

你巍然的身躯与"娘子"二字似乎难以匹配。那么，你这样的身姿又在想什么呢？

我的目光也无法匹配风向。看出去的草色游移且飘忽，天色亦然。埋伏在地上的炎热何时可以无缘无故地清凉？那草色天色是否会在严冬来临前的秋雨下，挣扎出一汪焦绿，一角落的怅然。

我也很想此刻飞过去，沿一条单行的线路开放鲜花。与尚未结冰的月牙对视，听你的语速慢过我心跳，慢于我很多很多的不懂。

在光影惨然的夏夜街坊，听见老迈的门扉吹起吱吱呀呀的口哨。生锈的锁扣上，我数不清岁月的更迭。我只好坐下，等待树穿上淤泥，等待浅草上的晚炊氤氲涨漫。等待自己变成一枚老茶，在你统揽晋冀的水中，溺死。

我握笔的手深陷的那个关节上，你始终站着，始终苍茫着，始终对雨来的方向充满敬意。此刻，汗迹斑斑时，我手心也空了。你充实丰满的另一面竟然如此旖旎，让我用手去捧。

在午后和夜半，我渴望我们共同的花朵毒辣地盛开。用烈酒浇注你我心窝，那流血的烽火台上，你在我雪白的衬衫上写下一些大大的黑体字。

那么，你真的在想什么呢？这么长的岁月中，你连睫毛都没有眨一次。你呼吸中挣扎如同的残阳的气息，在照耀一代代迷途的飞翔。有时你也纵容疑云盘旋在我的肩头。恍惚里，古代的城门闸口般地开启了，眼中全是雾！

你要经过无数的时光我才能回到最初等待我出生的地方。我的张望里,你衣袂破裂的飞絮,游集了前世所有的心动和心痛,在纷纷扬扬。匆匆的穿越里,绕啊绕,你已经没有回家的方向。你是一个回不了娘家的娘子。你是一堆石头做成的风景。你是这世界上最后的关口。

喜欢和你对话,讨论风烟为何飘向你并不怀念的方向。你的长发不知如何生长,是散开在历史的灰尘中,还是盘踞在峥嵘的岁月里,或者,在你久违的拥抱的日子里,撩拨你自己才懂得的辛酸得脸颊。

如果可以覆盖,我愿意为你撑起一顶帐篷。在那里重生,且开花结果。

# 海州二题

## 心约桃花涧

至今,桃花涧对于我仅仅还只是一个方位。尽管与其隔锦屏山为邻已有十数载。

在我想来,桃花涧必定是会有一片桃花、一汪清涧的。也必定会有一汪淡淡的心境。人生中能有这样一个美好的方位,已经足够了。

写桃花的诗人很多,比如白居易,比如温庭筠。然而,在一首诗里,既写桃花又写涧的,我尚未读到过。所以,我确信桃花涧本身就是一首诗,有声有色。

海州湾早已远去,锦屏山不正是一艘搁浅的船吗?因此,有理由认为,桃花涧正是丢失这艘船上的一路裙裾、一路清泪。可这又是谁家的女儿呢?

历代诗章中,没有不写春天的,写春天没有不写桃花的。林黛玉所葬之花,李贺的南园中日暮的"嫣香"以及杜牧所述金谷园中"犹似坠楼人"的落花，想必也会与桃花涧有些许的渊源。桃花涧是否也被他们流连过、钟爱过，也就没有必要去考证了，那样，心会很累。

所以，桃花涧实际上便成了一种眼神、一种暗示、一种喟叹、一种分明要来而又分明未到的希冀，一种永远落寞而又永远盎然的渴望，一种常常难言而又永远可以畅叙的爱！

奢想有天能去一次桃花涧，听满涧溪流过的声响，看满一眼的粉色，躺在春日返青的草香之上，读爱人书包上背着的诗行，坐在飘满炊烟的山腰，用桃花涧的涧水，用桃花涧的花香来勾兑一壶心中最绵甜的春意……

## 夜雨秦东门

今夜有雷，雷下有很散漫很散漫的几注雨水。在这样清新的春夜里，灯光很迷离。像所有少年眼中的另一个眼神。这样的气候下，梧桐树浑身的每一处都在向外渗透绿色。

驱车把朋友送走后返程的途中，遇到雷声和雷声下很散漫很散漫的雨水。我索性停下了车，隔窗听雨在梧桐下。梧桐成了一种心情，在有意无意中滋养着我灵魂深处的悸动。

秦东门也在雨中。隐隐退去的雷声最初是从那驾卧着的战车上弥漫开去的，海州古城背着很古老的包袱走向它失去已久的故乡，锦屏山便成了我们共同的母亲，在她的怀抱里，以往和现今的儿女们都开出了绚烂的心花。只是有一种脚步在走去，有一种脚步在走来。只是有一种苍老是从脸上到心上，有一种苍老是从心上到脸上。我们的爱也便成了一根很为难的扁担，一头挑着各种现代的符号，另一头挑着沧桑

"北登渤澥岛，回首秦东门。"唐玄宗天宝年间的洛阳诗人独孤及很

难料到他身后会长出如此荫凉的梧桐，也可能他眼中的秦东门也曾有过一阵雷声和雷声下几注散漫的雨水，但他肯定不会有我眼中的这一夜灯火。诗人把什么样的心思埋葬在了秦东门下，北登渤澥岛莫非也是去走徐福方士的老路？诗人太憔悴了。实际上，我猜想，诗人的身边也是会有一顶顶红伞飘过的。

那么，怎样的一次闪烁，就可以把那样淳朴的水色还给这个雨夜？还有，夜雨下的古海州，你怎样的眉目，可以让情愫不再是深渊？

许多落寞的张望，有我一里一里的葡萄。心，悲伤地北上。找一个午夜12时以及泪如泉涌的故乡和海。真想找一处初吻和瘦词小令一样精致的片段，或微笑的绿意，来渲染这个充沛的雨夜与思绪。

雨夜与思绪真的是最难以把握的东西。

当故乡和海统统走远后，秦东门便是海州古城的一道风景，我们争先恐后同它合影的瞬间，是否掂量过自己分量。在历史的烟尘下，我们的每一种声音，都只不过是一些轻轻稚嫩的低语。比较秦东门的伟岸，我们都未成年。

秦东门是一种塑造，关于过去的历史和我们今天的心灵。

# 像颜色一样行走

远方或许并不比我的这支烟长。那么,用烟点燃的这个夜呢?我缭绕的话语,我无语时的假咳,我像颜色一样行走的窗外,给我打结的那个声音,谁告诉我它来自何处?姑且就叫它远方吧!

窗外又下雨了。隔窗的风在周旋。宁静如兰的夜色,阑珊灯火,点点远方。一天里酝酿的情节,变成典礼,在雨,在风,在阴天……渐渐靠拢的脚印,在北方,也因为一场莫名的雨,断了车辙,就差那么一点儿距离,也许就是无限。

这就是四月里,最简单的一次花开。

我手捧雨水,在庄严的街道。我加快的车速,总沿着花开的边缘。月在云外消沉,酒在日子里消沉。没有往事的夜,还是会有渐次熄去的灯。那么,我拿什么挂满夜的额头?

合上窗帘吧!日光灯要走出窗外。我杂乱的案几上,左手是酒杯,右手是酒杯,我在酒杯与酒杯之间,一如颜色一样地行走。很多事永远弄不懂,可我知道啊,凡事成熟前总是有苦味的。

那又如何呢？

我想象有一个小岛，我要摇舢摆渡。我想象那里有一块石碑，刻着刚刚发生的几行语录。我想象语录的背后，有一处洗净的瞳仁，来看今夜的清凉。我想象在清凉的今夜，可以捕捉一个开花的古代，种上你醒着的景色和你的姿态。

我想象你是拉开酒罐后溢出的第一屡泡沫：冲动、诱人与窖香。我想象我们的张望，真能像颜色一样地也带着性别行走！

如今，你搀扶过的那截黑岸，将被天亮破译。传说中娇恨幽怀的女子，还在海边。趁退潮多走的那一步，成了礁石。

我听见，北方海汹涌过你浅浅脚背时的声响已经走远。我看见，四月从门缝中挤进来的样子，跌跌撞撞的忧伤，坐在我吱呀作响的黄藤椅上。

我一饮而尽的左手和右手盛满的微醉的今夜，像颜色一样地行走！

终于，我幻觉的海市蜃楼得以显现。没有什么图景比它更加让我向往。谁见过海域帆群最密的时候，日头毒热的晌午，如潮的啸声，经过沙滩？！谁看见太阳伞下，墨镜的背后，那个等待的夏？

莺歌也许就是在这个春季最终歇去。海贝壳洁白的身子，也许就在浅浅的细沙里忽明忽暗，从我眼前经过。过去的晴霜暗雪，飞风走石的旅途，也许要开始鲜亮。

也许我们本来就不相识。也许，太阳伞下，墨镜的背后，海域帆群最密的时候，以及日头毒热的晌午，都是一种虚构。

但愿，今夜的虚构，能像颜色一样地行走。

## 几朵怀念，在北方奔跑

东磊的玉兰花开了。那些灯盏缀满枝头的神态伴着清香的味道，一路过来的静谧妩媚在远方奔跑。半个月亮也在远方奔跑，星星在远方奔跑出的天河，把三月挽留成莺歌燕舞。此刻，在黑暗下，持续地躲在无边无际的窗外的消息，与我想象中的白玉兰是不一样的。

我粘稠的梦反复地停留在悬崖的边缘，一丝飘荡的纱幔笼盖了半个春天的肌肤。我在乡村的某个小酒馆里，只是隔窗，独自看清明前的草返青了。乡村的烟尘结伴零星的菜花，暗哑凄切的河面，一只鹅在回旋。

雨，还未降落。那些树凋落了明媚，只在忧愁的温度上刻上祈祷与向往。我知道的那片叶已经飘了好些天了，在一个人眼神的温带上盘旋，始终在荒郊的最无人的山坡上方轻扬。我告诉露水：没有什么被打湿，除了心。

灰尘照旧扬起，灰尘的脸上，看见黑色的绿，和在水草边闪光的枝枝叶叶，等待洗刷的表情，天真且安静。端坐池边的粗壮的根，旧年断头时的寒颤，已被记忆里经过的蛙鸣替代。仅一只蛙鸣，便表示初夏来了。初夏在远方奔跑，向着我仔细的如今的南方。

还有，地平线上站过的儿时的张望，也在远方奔跑；还有，无意间弹出的烟蒂，燃烧的那片夕阳，牵着风筝一般的云，也在远方奔跑；还有我，赤脚的蜗牛，解不下的壳上，刻满奔跑的暗号。

还有我的声音呢，在你在远方奔跑的耳畔，响过我一次惴惴的心跳。礁石一样咸涩的伫立中，我看见太阳扭过了头，看见湖水清澈可不见底。看见燕子的翅膀绕过天涯，那便是在我胸膛上划过的一道伤痕！所以，渴望季风的我的长发，如同一面旗帜，只有在远方奔跑。

后来，雨终于下了。窗外的无花果树，茂密如障的身体上，我看见绿袖子缀满雨滴，安静的音调经过指尖，湿滑得依恋。泛音一样空灵的花，瓣瓣鲜白，在远方奔跑。我们，相对对方，都在远方。我们像死亡来临前的呼吸，从不停息地奔跑。向着最终的静谧和天籁。

我看见的复苏来自一种心绪，来自一场无人觉察的微雨和梦里一次酣畅的奔跑。我看见一样光芒漫过脚背，漫过阴晴繁复的三月之初。是一片浪潮的尾声，是一段暗哑的歌唱。那等于在这个季节，先有过一场深眠了，类似死亡。今天，内心思绪粘稠的昆虫们，会醒在温暖的春光摇曳里？有时候我会明白，明白葱茏的小径两旁，那些碎小的花儿歌唱的神态，嘴角的浅笑无忧无愁。

东磊的玉兰花开了。它也会在一个人最远的遥望中，孤独自立地雪白起来？那些幽暗的河谷，飘逝过多少无名无姓无声无息的怨悔啊？！过了今天，就过了以往和一切了。所以，今天也算是一个节日，一个可以用来反省的日子。

被花开刺痛了！帘子外的阳光，逍遥逶迤，或许有一孔的光芒会永远停留在花开之前，那以后呢？一场春天，短暂地经过了。还能嗅觉到一些让人怀念的味道，被薄衫包裹的温暖的前世，沉默在花开的边缘，在远方奔跑。活着，真的只是为了多采集几尾蒿草，让来日的土丘上插满生前的几样怀念。

# The Last Time

南非的布隆方丹,终究不是布隆方舟,没有将英格兰带得更远。刚刚结束的英德大战,以德国 4∶1 大比分获胜而告终。德国人利用上下半场的开场给了英国四记重拳!德国全场只在英国人上半场追回一球后,稍显短暂的愣神外,整个 90 分钟一直觉醒着。

有时候,人给人的预感是很恐怖的。我时说,当比赛中镜头多次给英国滚石乐队主唱米克·贾格尔(Mick Jagger)时,就隐隐有一丝不祥的感觉,当然,你们可以不要相信。不管你们相信与否,今天,当德国人打进第三球时,我仿佛听见了布隆方丹球场上空,开始回荡贾格尔的第一首英国榜冠军单曲:The Last Time—so listen while I make it clear/ in case you didn't hear /this times the last time/here's no time!(所以请听仔细了,也许你没有听见,这是最后一次了,没有时间!)

如果今天要是也像昨天韩国与乌拉圭的比赛一样漫天冷雨的话,那整个英格兰就真是凄凉透了。老天还是给了英格兰一些面子。

不知有多少英国的足球流氓去了南非,反正"爵士流氓"米克·贾格尔去了现场。可偏偏就是这位滚石的标杆是人物，不久前说，他在音乐上的成就，无法掩盖一个事实，就是他的情人经常无法从他这里得到"满足"。今天，英格兰的球迷也没有从他们球队身上得到满足。

英国人终于打道回府，1/8比赛在他们眼里就是一些不法分子干的活。英格兰的返程机票一定是特制的，背面印着贾格尔的呻吟：baby goodbye/ never gunna never gunna cry no more/ goodbye goodbye（宝贝，再见，不会再哭了，再见，再见）。这首歌太流行了，流行到全世界的婴儿连母语还不会时，就都会摇着没有骨头的手掌说"拜拜"了。

昨天，随着韩国、美国相继"白"下阵来，今天德国这支白衣军团，没有给英国人任何机会。

赛前，人们用各种各样的方式预测这场比赛的结果。章鱼"保罗"又预测准了。比赛前，保罗在水下放有德国与英国国旗的玻璃箱之间进行了选择，率先咬住了德国。以前的测试说明：保罗先咬住谁，谁就获胜。今天德国赢了，具有讽刺意味的是，今天咬住德国的章鱼，还恰恰是一只英国章鱼。

或许，很多英格兰球迷还在为英国兰的第二个进球被从球门里吹出来而愤愤着，还在从技术战术上分析着如果以2:2的比分进入下半场时，情景会如何如何。但一切都过去了，永远都没有2:2了，不然，这比赛也太2了。这就是足球。就如同44年前1966年的世界杯决赛，英国人靠着一个子虚乌有的"压门线球"战胜德国成为了那届的冠军。所以，出来混，真的是要还的。不知当年见证了这个冠军诞生的22岁年轻的米克·贾格尔是否又想起了遥远而又清凉的布鲁斯音乐来。

要还的还有2001年，那年的9月1号，德国慕尼黑欧林匹克球场，英国人用近似屠杀的方式5次把球送进卡恩把守的大门。如今，当年上演帽子戏法的欧文与互换了球衣的德国人鲍曼都已不在场上。今天在场上奔跑的好像只有当年的 18 号克洛泽了。英格兰当年见证了无上荣光的帅哥贝克汉姆如今也因伤成为了英格兰国家队的官员。这次"被（贝）官员"恨不能把自己的右脚安在兰帕德的身上。

其实，德国人最后还是可以进球的，其实，德国人最后是想让英国人进一球的。用 4∶1 归还当年的 5∶1，德国人是谦逊的。或者说，还有一球，放在以后，放在若干年以后，再让英格兰人还清。

用一次失败，换来对手的两次心痛，德国人真是严酷而又聪敏。

# 秋河

你让我静静地想想，我轰然跌入你风景时的那种纠集的复杂的元素中，有我等待与渴望了多久的震撼。我视觉之外的荒芜的原野上，你，是这个秋天最后的一枝苇花，开放并且撩拨我，使我苏醒。我不隐瞒我这个秋天被你笼罩。即便只是一个秋天，我告诉你，我深陷于你的眼神，不能自拔。

我也会在深夜缅怀恍惚中的暗示，还有你紧皱的眉宇。我说不出你是何种的忧郁和犹豫。我会偶然地去看我出入的那片风景，夹带着你粘稠纷繁的落寞以及我的那部分秋色无限的天壤。它们有透亮的光辉。我喜欢你的风景覆盖在我的身上，那样我可以飞，可以把你送到高处，体会你在我怀抱中的坠落与匍匐。

我也常常想起你的声音。我不知道我们何时有这次相逢的分界。我不去想它了。我在我心里的一个角落，存放了你我铺设的案几，那些都是盛宴。假想你走后，我居然眼角湿润。想想这样一个如同曾在臂弯里的河湾，却在深夜清冷的阡陌上行走，我爱恋那些长发般的蒿草，它的飘扬给了一个秋天的某些时光以色彩和楚楚动人的心绪。我的忐忑和失神，在计算你何时走进家门，何时走散，何时不来了……

你给了我许多终生难以泯灭的细节。我把我听见的心灵摩擦中绽放与爆裂的声响当成最动人的音乐。我想畅饮你丰厚的给我洗礼的那处甘醇了。我怀念被你紧纂手心的我年少轻狂的成长的过程。

在这样的过程中终于失眠了，常常在醒来的时候搞不清梦境是否已经清凉。昨夜喝剩下的咖啡在杯底结了一块淤血似的伤疤。我想，秋天来了，纸船与芦笛什么时候该来呢？想起那天你在岸边一支支抽烟，燃烧着的宽厚的善良中，耳坠被你指头轻轻弹过。秋风酣畅的夜晚，你的指头如电。

后来，就梦见你的指头了。梦见指头在我的胸口滑过清凉的"十字"，梦见窗帘动弹了，还梦见坐在地板上的猫记住了那天的气味。明黄的杯托被那个指头旋转成了光阴，于是，梦变得可以触摸，可以拥抱与揣测。也变成一条绵长的秋天的河。

很喜欢这样的浅睡眠。梦见了一条渔舟在最宽的河面上掉头，梦见一个人离另一个人最近的距离。梦见讲故事的水手把波浪编排得风起云涌。那时，我肯定是仰卧的，鼻尖上沁出的露珠在那个指头上跳舞。

真想咬住那指头和指头中黑色的血。白色的墙壁上总有失眠后虚幻的残渣在游移。我巨大的油画上的肖像常常会吓着自己，没有吓着你吧？现在，我感觉我和这里的天气一样，温度很高，气压很低。

没有梦见河谷里燕鸟低飞，却梦见了甚嚣尘上的暧昧。梦见一杯米酒一场宿醉的三月，一夜花开的声音，如鼾声。最近更改的手机屏幕，烟雨蒙蒙地被擤在手心。于是，开始喜欢自己的秘密和走向。

那个活生生的失眠的指头，是我？还是秋天的你？秋天的河流，怎么都看不出一丝轻佻。如果真的轻佻了，等以后，开春就会断流。

在那时，我真的喜欢。我的心底，那时只有这么一个可以给我出路的字。即使那时，我想把我的那枚相思平放在你的怀里，我想如果那风也激动了，它的吐纳可以挥洒在你的脖项间，我不知道我是否还有足够的坚强让风吹到你的额际。

我喜欢看你的样子，想起你的名字，心底会莫名地柔软。有时幻觉你也有凝望窗外的神态。此刻，我在我的地下室里，用手指弹拨一串串音符，想与你共鸣得长久些。我不愿相信天长地久，可我愿意牵你的手心多过几道时光的斑马线，我愿意揽着你的肩头，在天底下多吹吹心酸的风。

喜欢听你随音乐的浅唱里，那些沙哑和清澈的悠长心绪。喜欢你的气息，我们的唇沾染过秋天的露水。你我手指触摸的秋天变色的迷幻。这些会在来世，会在来世的某一处风景中，写着秋天般的胶着。那时，可能没有了城市，没有了天空，没有了云庐，没有了一湾缭绕的清澈，没有了你的青丝我的白发。可我愿意相信，来世会有我给你的琴弦和琴弦抚摸的原野与月光。

## 露天电影院

一个用老狼的《恋恋风尘》做版面说明的人，一定喜欢大学的草坪和藤蔓笼罩的回廊。在男人沙哑的歌声中寻找低低的天空和暗暗的口琴，和那些为你们吹奏过的往昔，你一定也都喜欢。有时候在静静的角落，数一尾摇曳的蒿草，数清明谷雨之间开春的啼叫的花的绽放，对于你，也该算是一件美丽的事。

我很多的时候，也喜欢在桃子的《露天电影院》坐坐，分辨影幕的正反，在那些空了的位子，空了的岁月里找一方斑蚀的矮凳。听老歌忽远忽近在我童年最好的衬衫上贴着我的皮肤走入骨髓，然后走远。走到那些叫做记忆的地方，用一幕一幕的黑白影像包扎我所懂得的成长。有时候，真的想特意去感谢一下听涛和桃子，你们用一行冷字温情地邀我走入一个我也喜欢的地方。那里的一切清澈如同血液。

《露天电影院》几乎是桃子的私人版。我说这话没有别的意思。偶尔，零星也有其他 ID 上来说上几句，字数都不多，却也表达了一个瞬间的思想，同时也表达了生活的匆忙。大家如同用磨得滚烫的鞋掌经过冰面，都留意了！我不大讲话，我只是看，看那双操纵胶片的手掌，一轮轮地放走去年，放走今年和未来。我也会用手抚摸不再洁白的影幕，想那上面过去了的悲欢离合。也会用嗅觉，感知上风向的回眸，下风向的慌张。想象一个枕着草的孩子，仰望星光。

在《露天电影院》，可以看一些精美的动画，听一些怀旧的伤感的歌声，这大概是听涛的作为。这个版面真的就好像是一个用红砖和木版构造的咖啡屋。热闹与消散，其实都不重要。重要的是来来往往里，杯盏传递。因为是邀请版，桃子最后做些清理工作也应该是没有怨言的。但千万别戴围裙，戴我们带去的祝福吧。

我与听涛和桃子几乎没有接触过，也许我不属于棱角分明的家伙，常常灰暗地依角而立。想一些与露天和电影有关的事情，幻想有一天粉碎我的稿纸，寄存在你们的梁上，微风过后，有相似雪花的东西在飘扬。有相似友谊的东西在聚结。那为我留个座位，从进门到位置的一路上，我不想永远都铺满小心翼翼。

看露天电影的机会少得可怜了。最近的一次是在长风公园看的。是坐在车内看影幕调频听声音的那种。与真正的露天有相当大的区别。一个收藏老式放映机的朋友曾试图放一次真正的露天电影，但没有获得治安许可。露天电影的存在空间稀少得要命，尤其是在城里。2004年底，看见一文艺周刊关于呼唤露天电影回归的讨论，我立马想到这个作者会是听涛或桃子中的一个吗？

那我们不妨多去去桃子的《露天电影院》。在心灵白色的幕帐上，拷贝一句简单而又干净的对白。让桃子用旁白的形式，介绍我们，介绍生命，介绍我们的生命在烟尘里如何过往……

我，一直是一个悲剧情结很重的人，喜欢在感动和被感动里消磨光阴。着实没有值得感动的日子中，我就会去编造。编造一些敞蓬的开满旧春的江南，握一把虚拟的桨橹，给视野挂一幕雾的帘子，做一个有病决不放弃呻吟的歌者……这些，我好像都会，都喜欢。其实，很久就想为《露天电影院》写一段文字。这次，终于有了借口。再次感谢桃子邀请我走进露天电影院。

## 十年后想念一棵树

后来，我想起了那棵树。

我想起的这棵树长在北方，是什么季节？我只记得满田垅的上方，有轻薄的雾。那棵树就在雾的边缘，若隐若现。河床是干涸的，龟裂的土地像记忆中的谁的手掌。总之，那棵树是生长在灰色的背景里。

走近后，那树便告知了名字。也就再次让我记住了与这棵树同名的你。当然，在见到这棵树以前，我就知道了你的名字。或者说，因为你的名字，我才在凛冽的风里，走向天边，走向那棵树。

那个年月，我们习惯了身穿灰黑的衣服。因此，你的麻花辫子上的绳结，才更加红艳。这种红，就如同黑白世界里一个图腾，牵引了所有少年的心。我也不例外。不过，我只是远远地张望。

那个时代的雪，总是很频繁，而且特别的深厚，深厚得超过了现今的一切来自心灵的东西。我想说的是，那红头绳，在雪地里真的像一团火。你的脸颊过于地接近雪了，让我心动楚楚。可是，我还是个孩子。

在以后若干的时日里，我走了许多地方。可我再没有见到过这种树，杂树乱英的青春来了，我开始学习遗忘和移情别恋。我手捧无影的向往，惴惴地东张西望。我们的成熟就是在这样的张望里悄悄圆满我们各自内心的初衷。

很可惜，我的行走并没有到达彼岸。我在夏天泅渡的运河，在冬季，排满了木筏。在夏天，我小心翼翼牵过的三个手指，就如同树的枝桠，伸向了不同的方位。你把背影丢给了我。这背影，就是暮色里树的枝干。干净，但漠然。

十年只是一瞬，可十年的烟蒂堆成了山。我在山上种下了一棵树，烟雾如同云雾，一样的缭绕。那树是被定格了的，它以出生时的姿态，看我老去的年华和琴声、和歌声以及须发。

你以十年前的姿态，驻足在我的岁月里。不变的衣裙和褶皱，不变的眼神和窗外，还有不变的故事和感叹，轻轻，轻轻地流淌。生命还是尘器一样的脆弱，那树一样的人间，阴影遍地。遍地的晓风与月色中，断尾的萤火，走远的年少，离家时叮咛和出门后的泥泞，全成了碎片。

碎片有什么不好吗？碎片也是有温暖地感觉的。你说，如果你真的要走了，如果好感觉真的没有了，温和，一定要温和地说出。你说你会知道怎么做的……

我像我最初见过的树，遥远了。

我不知道我会不会还能再见到这棵树。其实不重要，尽管渴望邂逅天边，和田垅上方的雾。但天边毕竟很远啊！

那就让我以十年的跨度，提前做一次道别。我向北方低头，并且喃喃自语，我听见过的声音，就在昨天，而且永远都在昨天了。如果我现在就在十年后，我一定会拥抱这棵树，还要在树的阴影里，给你一个表情。

# 呼兰河

这个季节，蝉声间或响起在我的记忆里。沉闷的天空燥热无雨，在一直都是安静姿态的那棵柳树上，我还是看见漫天的飞絮。

朋友是用高大的越野车把我送去呼兰县城（今天哈尔滨的呼兰区）的。还未到县城，便遇见了文学史上那条著名的呼兰河。我示意下车，在牛群的身边坐下。这也是我此行的目的之一。

在轻灵的河岸，浅滩处深藏着一夜新草的胥声。云朵的头发上有晶莹的可以捧起的故事，让我在归途中慢慢地阅读与仰望。那刻，我在松花江北的呼兰河畔，看忧郁的舟身飘摇划过，猜想的涟漪是圆的。

在萧红故居，我看见芳草站好了，就在那边的墙脚。我似乎听见一声啼哭，从东厢房的矮窗中飘出。记得的一树晃动的枝叶最终变成了一团团文字，留在汉语的世界里。

还有闭目的马厩，以及半亩的烟叶，统统徜徉在阴晴不定的窗外。谁的乡音在反叛？又还有谁记得一个女子，一枚茶叶般流逝的方向？

可是，我终于还是触及到了这个季节最光鲜的柔软了。声音、眼神、呼吸，还有那些那些的风过雪原。我在萧红出生的床沿上坐下，像个祖父，手握烟袋，神色里尽是飘飘的黛色，眼眸看去的远方，把她的时光连接在五个地方：呼兰、北京、上海、重庆、香港，死于香港的萧红，在浅水湾埋葬了我们类似青春的张望，在这头，也在那头。

在萧红故居绕了很久，哪扇门可以接纳我们瞻仰的脚步？岁月的眼光在墨镜背后，看见那些雪白柳丝轻扬，那些牵手与微笑，那个被叫做故乡的地方河网密布。一汪呼兰河水天天都走在地平线上，那么，谁是舟楫？谁又是橹桨呢？

在那些旧照片前，我心脏有些冲动的跳，是音符吧？偶尔，接近风声的浅唱会经过我的耳畔，是悠扬的短笛的尾音，是童年时的游戏。是游戏背后，一种深刻的和鸣，是飘扬的风下，你手心的微温遮盖的喜悦。

想来想去，我懂得了困惑的午后为什么无眠。在无限的奔跑中，我看见一捧清凉，月光般的和畅。谁等待在日子里，谁等待在水生风起的远行中，谁等待在，等待在面向一个人时的黯然中。在很近也很远的信息里，约定你来我往。

在故居前的那个红绿灯下，一个恍然出现的起点，也是终点。是最美丽花开的地方。此刻，美丽开了车门，又关了车门。那应该是文学爱好者回眸最多的一个道口。或许也是青春回来的驿站，是一蓬绿荫。

有些惆怅，依旧侵扰着阳光与月光的边缘。我在呼兰河哭泣与不哭泣的时刻，描写一段爱恋的从前，给黎明一点闪耀的反光。隐蔽在美丽的水与水之间，用轻轻的气息，给来龙与去脉一次抚摩。

在那个傍晚，我十分真切地听见了夏天的雷声，就在窗外炸响并消遁。满世界的烟雨如同湿透的心思，贴地而飞。那巨大的伞就像一个童话，呼兰河的心思在流动的云下，在急急的匆忙里，有着最平静最安逸的呼吸。或者如同河边的花开，幸福迷惘。

我是在一个晴朗的早晨出发的。遇见的这场雨该是幸运？还是愁苦？很多眼睛看不见的喧嚣里，我突然想起一个人的离开，也想起了一个人归来，想起岁月的葱茏下，那些没有成长的事情，想起那些没有结果的浅浅的笑。想起有些事情过去就不再回来，想起记忆深处一个夏天，有一朵花，开在了远方。开在了尽头！

突然想起多年以前，在香港浅水湾萧红墓前，我写下的那行文字：

"轻呷一口白水，想体会咽下去的味。却发现，那句对你的话语，仍噎在喉口。在等待圣玛利堂的钟声，敲醒又一个礼拜的时候，轻轻地说出。"

## 雨打芭蕉

黎明时分，却是被雷声惊醒的。十一月了，还有这样的雷声突然而至。推开窗，新鲜的鸟鸣和窗户上新鲜的雨痕以及野鸽的飞翔在编织泥泞。远方模糊的屋顶上，假设的炊烟呢？乌镇那抱着枕头的倦样呢？烟盒空了，胡乱摸起一枝烟蒂，才发现，再次点燃的东西总是变味的。

突然很喜欢客栈茶筒上的那幅风景，梯田的尽头有一棵树，那晴朗的茶香泡开的忧愁，在弥漫与渗透最像季节的亮色。我可以飞了，天空是空的。这样的雨里，我想起还有几处漏雨的地方，我在等待那种"滴滴答答"的声音。我必须准备一只铅桶，盛放那些因建筑结构上的缺陷带来的"滴滴答答"的享受。我的"滴滴答答"的故乡！

窗外无人照料的芭蕉也在东倒西歪，隔街的河边，一个遛狗的女人邋遢地打着伞，那狗穿着雨衣，步履匆匆。早晨的风景总是新鲜的。雨声大了些，像原地徘徊的脚步。在打击心灵。

灯光已经失效，一切都明朗起来。其实早就亮了的天，在接受雨水冲刷的暧昧的丝丝缕缕里，无限开朗。生活是一件坏了的罗盘，无法衡量心的方向。聒噪的力量也如同迟钝的离合器，常常在你加大油门的瞬间熄火。

那就抱着自己的肩膀吧！头晕目眩的世界，有毒的合欢季季开花的样子覆盖了挣扎的藤蔓。只有自己的肩头会告诉你，你还能承载几何。有时也会哼唱几句年轻的歌声，怀念"在大街上、琴弦上寂寞成长"的日子。是知道没有天荒地老了。是看见生命的烽火台已经完全无法再燃狼烟了。是沟壑万丈的额头以及杂色纷绕的髭须和结结巴巴的表述真的来临了。

口干舌燥的手机铃声在提醒我出门。披一件越冬的长衫吧，站在树影粘贴的背景前，片刻怀念走远的雷声。随手拣起一枚雨滴，弹落一场惊心的姿态。食指在抽筋，还有其他的部位。这就是生活。当窗外有喜欢的雾弥漫成紫色，当晨阳在垄上金黄成一腔锻炉的内腔，当和土地一样色彩的不知名的树变成秋风，就让我们的心蠕动成一汪走动的沙丘好了。变形的景色有时异常感人。那些情不自禁的灰色调里，新草在孕育返青，即使低凹处的积蓄有心碎的挣扎。

## 落花、流水

那些雪做的花，仿佛是心窝里的一处绵软。我解开烟的缆绳，用目的不明的风向勾勒去年的轮廓。去年没有了。真的没有了！我一夜生长出的那根可笑的白胡须，如同飘荡的一句童谣和月辉，如此地繁荣了苦涩或甜蜜。

一屋绽开的忧愁感染了想象中的雪，感染了浑身的毛病。它们疼痛万分地诉说：数字在加，生命在减。我等候极限到时的猛然折断。我在折断之前欢歌笑语也好，愁眉苦脸也罢，既然选择了经过，就无法选择躲避了。我用双手搓揉的热度贴上自己的脸，我问，我唯一的脸上，还会经过别样的热度吗？

在消融的阳光上我看见长缨和剑的暗示。看见半塘浅唇和我繁杂的胡须接触后的溃退。我对未来不抱希望，我觉得希望如同乞讨。我只珍惜一脚刹车的距离和一碗米酒的浓度。我和我吉他上新换的那根 D 弦一样的哑然，可又常常被触及。我知道，我是一根不好更换的弦。是的，断了就断了。是这样的。

在心灵深处虚妄地造神，又担心会依靠在一处不扎实的灰堆上。我告诉过别人的"永远"其实也很脆弱。我们如同被打开的一包香烟，会一支支地烧成灰。即使我们含在口中的那截"亲密"也会被自己的脚尖碾得粉碎。

我们其实都是一包被打开的香烟。我在出生的那个一月，就被点燃。我感到的幸福，也只不过是一团烟雾，一份微温。

可我还是相信生命的价值的！我时时以雪白的姿态被人点燃和吮吸。我天真自豪地觉得，我穿起了雪的衣裳。我最大限度地大写自己的身体，去覆盖生命的寒冬。被点燃的那份活着，有持久的温暖。

生命如同滚动的雪球，它沉重了雪花的轻柔，也沉重了一轮轮的久别与相逢。我们与雪球一样，都看不见自己的崩溃。我们能看见的，我们能得到的永远只是自己的碎屑！

又一个生日要来了。可我还是怀念去年。我至今还没有手写过2007，那是因为，我不知道新年是否比旧年有更多的烟雾和微温。我真想赖在去年。可是，2006年没有了。

盲街已老。可以说几乎变得我难以确认。还说偶尔的一丝鱼尾纹早就不是一种妩媚。你说你在韩剧的伴奏里和我聊天，讲别人故事的情节和你的失踪的青春年华。

就是在那时，我发现我只是另外一种旋律，空荡荡的找不到根音。

看见一个人远远地走来，慢慢地消失。真想去扶扶我听见的这个午后的风鸣。希望天气骤冷，把一些事情冻结，把一些时光凝固。让荆棘铺在左脚，让鲜花开放在右脚，让前方不再沉稳，让一些故事在暗处流淌。

生命的全部其实就是落花和流水。

第四辑
北窗如烟

# 散句：与风景无关

## 1

终于你走不动了，因为芳菲已歇。

归途很近很近吗？山歌在月牙下生起，你故乡湖水的声响，轰隆隆过我的耳畔。

你是这旅途中，最先睡着的人。桑梓若梦、才情如诗的浅痛中，你月光一样的轻鼾，表白我们的故事已经入夜，表白这个季节真的芳菲已歇……

我们那些个吴山楚泽的旅途，因为芳菲已歇也变得精致而又暗淡。

你说，我们回家，家的地平线很高很高；你说，把心放在酒里，把酒喝进肚里；你说，把吉他放在你的地上，把你放在我的肩上。

你说，把风尘关在门外，把风情关在门里。

## 2

晨露在草节上刻下的记号,是你在小城刻下的印痕。有枝的枝头,风儿在掠过。

烟凝暮紫的小城边缘,河网分布的悬念,未能解开前世的一场疑惑。那疑惑只是一首歌的空间。只不过人儿远了些,琴声儿远了些罢了!

于是,枯荷靠着风的栅栏,你说有菱藕来过的痕迹。谁在缅怀小城里最动人的女子?看她收拢的酒幡,闻她暗藏的窖香,听小城在江南的舟楫来回里,轻飘飘、慢悠悠地吟唱?

人儿远了些,琴声儿远了些……

## 3

雁过斜阳。那是真的一群雁儿,在橘色的云端。离云最近的那朵飞翔,有无限的光芒。我们也去飞吧!越过湖岸到了湖心再回来。

我们手拉手地盘旋,轻飘妩媚展开的身姿,让它也在斜阳里!什么比雁过斜阳更像飞翔?什么比展开的身姿更像飞翔?什么比飞翔更能表达飞翔?

于是,我看见久违的浪争相开花。于是,我看见我们曾经年轻的梦想,草迷烟渚之中,飞翔啊飞翔。

## 4

炉香袅袅，在写愁绪。

渐渐走远的背影，真的就这么远了。你身后翠叶藏莺的小园，谁的心思在照看？枇杷吹芽的当春美景里，你我倦怠的神色，不再顾盼。

于是，我们晒过的阳光，变得脆弱而苍黄。等等，斜阳落寞的云朵下，我们不愿站成风景。只需要一次回旋，也许就该重逢。

那时，翠叶藏莺的小园，碧风挂住的上弦月，会在如歌的行板中，深情款款；那时，炉香袅袅，却化不开窗上结着的愁绪。

舒畅的春燕低飞而来的雨意渐浓、渐浓……

## 5

银杏如盖如伞，你满脸的亮色点缀着西山的风景。西山一路走来的白果香李，涂抹着仿古仿幽的颜色。你画板上暗红的色彩，要去描绘哪个朝代？

坐一坐吧！银杏如盖如伞的阴凉下，给我讲一讲雨笠烟蓑归去的往事；讲一讲澄明如洗的月光里，吴女改嫁的旧城池和草芥一样生长的诗词；讲一讲天天渔歌晃动的寂寞里，你的祖先……

讲一讲枇杷青涩的季节，鹂鸟低飞、山风平淡的垭口，我们未曾发生的故事；讲一讲眼前这棵苍老的橘子树，它如何也要红了果实暗了禅心。在未来的秋天，用湖水洗脸的我，看谁哭泣？！

## 6

晚风捊叶的悲季，风信子总会迟来。隔天的香绣，空迭的情笺以及来过的雨，重又响起。哪里是月色寄存的地方？何处是烈酒与惆怅浸泡的故乡？

艾草及云的西门，蒲葵庵苦狸的夜奔，小艾河飘摇过的岸，都在轻叹秋凉如水！

我们笑谈过的岁月，看破过的烟尘，像一个永远解不开的死结。流莺一样的季节呵，开一朵花，便天荒地老。

天荒地老的故事，走不出的黯哑的歌声里，有一句句"如今如今"。

如今，我是你寂寞东篱下，将有的苍华；如今，你是我心虚的季节里，月润风起、础润雨生的半塘池水、半塘芦苇。

如今，我是你孤灯夜读中，将有的倦意；如今，你是我失神的五更头，眉锁愁入、案断泪侵的一页西厢、整部红楼……

## 7

轻寒微雨的初夏，和初夏的轮廓里，我们跳舞。我们的舞步，像被打湿得慌乱的印痕，我们的向往，像一团相拥的舞姿，节奏如闪，惶惑过午后。

青涩、清瘦的舞步，把初夏的露珠搓揉得晶晶亮亮。我们在舞步里成长，尚未成熟的葵花，预演灿烂的引子。

你说，情愫就是这样来的、来的时候，舞步还在后头。你说，情愫就是这样离去的，离去的时候，舞步已在前头……

把握过的我的手松开，松开的情节，是舞步的尾声。于是，日子暗自横流。

头发乱了，舞步乱了，你靠我最近的一次呼吸呢？清淡雅致的目光，越过我肩头。我看见，雨丝如帘、如舞。我们如舞的青春，倏地走远了。

## 8

走在你的目光里，暖冬在即，芳草在即。晴柔的感觉。月色谁看的海岛，静得可怕的浪，我们相互的心跳，多么静，多么近呵！我听见你说"秋季秋季"。

趁对岸的阑珊灯火，多走的那一步，成了礁石。你晴柔的感觉，随海鸟去了天涯，去了秋季。

终于，雨迈着碎步来了。晚钟清亮的额头，日子里起伏着的吴风越浪，在你家的窗下，就挥了一下手。雨的节奏和远山里清脆的腔调，把歌声唱得，香气四溢。

一节节攀高的张望与期待，无限的归期里，经过的四样表情，写满恋爱的经过。

半杯红茶，一张空椅，烟蒂熄去的两截情绪，都是美丽。

## 9

把灯熄了，任烟火忽明忽暗，听窗外过往的雨声。满天的紫气，我们，飘在空中的相约，绵绵无期。

陌生的街景，妖艳的风光，北望我北方稀疏的枝叶。负债的年纪，都想把谎言，编织得成双成对，你绕我而行的街心花园，被重新修葺，无法辨别过去的景色！

记忆中的碧窗斜月，漫漫轻云，在一次次的斟酌后，到了梦醒时分。我无法逃离的心虚与懦弱，还丢在你绕我而行的街心花园。

我看见，一大把胡子的我走过。穿着棉袄戴着围巾，在盛夏的熄灯号角中，在自设的舞台上，上演冬季。

## 10

神话掉进谁的井里，一个情节流传至今。你的眼神，恰如苦笑的风。颜色变暗了小河煞白的脸，一截橘红的舌尖，在品尝苦涩与甜味。与围裙和头巾裹着的夜，与思念……

所以，你开始丈量昨夜悲歌走过的里程。你常常揣度门与门之间是否该有个放风的地方。你把故事的尾声腌在腊月里，让酵香弥漫难堪的岁月。

结块的盐屑，漂白年轻的呢喃。风声依旧在激荡早晨与迟暮中长出的忧伤。妩媚轻快而来，旷野的冷笫与温床别无二样。

## 11

你浅草出没的脚步里，有南方的炊烟与夕阳。我站在你青竹掩岸的故乡，试图靠近你，靠近你那一次次的飞扬。你紧锁的一江碧水，在木香花盛开的季节，有欢快的脚步。

榆叶梅长成的走廊里，有往昔残雪崩溃的声响。退去的旧梦，以及犹豫的风向，极其可疑地在徜徉。

你微睁美目，看窗外破晓的亮色。认真的神态，彻底的遐想，以一种海的从容退潮。落幕与雨帘的情节，在你浅草出没的脚步里，像烟尘，像我们收割的那点点过往的心思。

榆叶梅再长成走廊，或许要一千年！

## 12

最南的江南，有最绿的绿廊呢。绿廊夜夜开花的情节，踮起脚尖抚摸露水的样子，把江南抚摸得心思重重。江南的水面，雾气甚浓。你袅绕的舞姿里，阳光明媚而来而去。隔窗的月色披着薄纱，斜倚轻风。那一走廊的绿色全在跳动。

是谁家的女儿呢？

我便是寻着这节律而来的一叶扁舟。开口的闸，探出头的江南，有夜夜渔歌，夜夜花开，夜夜轻风。

有水巷，那敞篷的绿廊。

## 13

雾和紫樱，有桥的市街与陌生的天。我听见梧桐晚翠、游鸥独运的老港，有你的声音，关于青春的流放。看见如虹的月色，走进你帷幕初开的窗里。一汪积水眨着眼神，在表白这个村镇刚去的雨季。

轻巧的树枝，伸出宛若江南的手臂。抚摸着，抚摸着脚步未曾落定的一对孩子。最暗的一颗星星，倾听瑟音如水如月的低吟。你的手指是一柄套色的桨，犁开暮春的心。

线型的轨迹，无法圆年轻的梦想。梦亦如这个有桥的市街，布满了独特的节气与花开。

雾和紫樱，走上了远处的山坡。那晚，你是一尾如水如月的风筝。

## 14

只是一个眼神，时光就拉长了千年。

尔后无数的日子呢？一种雨感在心情与脚步之间流淌。于是，洋洋洒洒的风，吹乱跟你的脚步，吹乱看你的心情。无话可说的我们，仍在等。

我们从不懂得有一种雨感，也在手心的汗迹里滴滴答答。晾不干我们期期以待的一握。你我各自的位置，也是一个千年！

## 15

终于，我走过的那个青石街坊的江南，在雨感渐浓的午夜，沉沉睡去了我们结伴而行的那年那月。又一次猜想你眼廓含黛。

还有，你寄出的风景，轻抹的那缕北街上空的黄昏。像灯，指引我天天天黑后的里程。

没有任何春天气息的北街，低矮的简屋，住着苇花一样的你！风像一位过客，带着不易察觉的我们，心酸地走过。

## 16

河水清澈。离湖水很远的宁静，蜿蜒过我们的臂弯。北街也似一条河流。我们的小屋，像舢板。被风吹动的桅灯，我们晃荡的身影，展览一夜苇花盛开的情节。

羽翅搁浅的岸。我们那次成功的飞翔呢？长堤委婉，曲折不清温馨的细节。好在知趣的季节，云淡风轻。

昏灯要走出窗外，远山要漂泊。苍翠的岸，东去的哀怨，生命繁盛如野歌！我们在野歌里的飘荡和盘旋的归途，浮云蔽日，情节暗淡。

你问，那路上是什么，种在忧愁的地里。我说那是烈酒浸泡的想家时的心痛，丢在了你的村口。你问，那天上是什么，飘在忧愁的云里。我说那是想梦缠绕的会飞的纸蝶。

## 17

喜欢北窗，在你走后的风雨里，有残灯斜照的诗行。诗行里有我喜欢的弄花薰衣的姑娘，她绿酒易醉的梦，在故乡跌跌撞撞。

我残灯斜照的诗行，是你的嫁妆。那么，经霜后的颜色能裁剪出无数个不同的章节，重新缝在我们重回柳林的约定里吗？

我看见春芽疯长，以及谁刻在柳树上的风烟。如今，成雾成霭的风烟里，景色因为你，便少了一次腰姿扭动的暧昧。

于是，在一路的悲悲凄泣中，我在独自成长。

## 18

只是这空了的大宅子，一进一进退出的屋檐下青苔疯长。热闹过的麒麟阁，千金抛出的绣球，永远只在半空。

你故乡峥嵘的牌坊，模糊的御笔，女儿墙上洒落的年代不详的墨，也在用黑太阳，去照耀一个又一个朝代的新娘。

宠柳娇花的往事，过了千百年。天井里的竹儿，记得住所有关于新娘的挽歌与绝唱。

这空了的大宅子，我们不再讨论是谁争宠的东厢西厢。

## 19

乍暖还寒的妖春，三杯两盏淡酒。清照如诗的往昔中，哀怨填满旧朝。不知你的客乡是否有绿，是否也有斜风流浪？

我看见你的旧池中，已添了三两注梧桐新雨，芭蕉一夜开合的动静，惊飞了鸟。

我们鸟一样飞的心思呵！想念的天空很低很低。谁填的诗词？在歌吟关于你的缠绵与风景。

春之娇娇，雨之纤纤。有上下千年的古栈道和楼阴背日的出口。桃花如汪洋！

## 20

曾经风华正茂的码头，早淤了几百年昔日的繁华，商贾捐客过往行人的喧嚣，也消失在浪上浪下。

好在，芦苇荡仍旧神秘，依然猜不透前方。鱼虾丰肥的季节，相亲相爱的水路都在流传我们此生最初的凝望。我们是民间的一粒灰尘，是杨柳枝头，被遗忘的一次鸟鸣。是含烟惹雾的五月，一次成功的私奔。是惶惶然清晨里，一次纠缠和拥抱。

民间不老的故事流传至今有了一个借口。于是老码头废弃的栈桥上,新添了两行新人的脚步。芦苇荡神秘的走向里,却少了一枝苇花盛开的情节……

## 21

桥孔和桥背上的烛火,满墙的眼睛。我们的烟,在天上相互张望。早晨与黄昏,我们飞得很高,一种声音,蝉翼一般。

于是,梧桐叶凋零后显露的窗口,以及窗里站着的你,一笑,不见了……

很多年后,山,长弯了榛树的腰,款冬在春天的步幅,丈量不清我回头的里程。龟裂的河床休憩在你的额头。那支歌依然飘荡。

一只鸟,在背诵无灯点亮的课文。一种声音在悼念我们的离去。是风,把那扇门关闭。关闭了的尘土,掩盖了曾经紧紧相抵的两双脚印。

一双很浅,

一双很深。